Karen-Susan Fessel
Liebe macht Anders

# Liebe macht anders

Karen-Susan Fessel

**KOSMOS**

Umschlaglayout: init.büro für gestaltung, Bielefeld

Originalausgabe

Unser gesamtes lieferbares Programm und viele
weitere Informationen zu unseren Büchern,
Spielen, Experimentierkästen, DVDs, Autoren und
Aktivitäten findest du unter **kosmos.de**

© 2013, Franckh-Kosmos Verlags-GmbH & Co. KG, Stuttgart
Alle Rechte vorbehalten
ISBN 978-3-440-13346-0
Redaktion: Dr. Iris Schubert
Produktion: Verena Schmynec
Innenlayout und Satz: Weiß-Freiburg GmbH, Graphik & Buchgestaltung
Printed in Germany/Imprimé en Allemagne

# VORGELEGT

..................................................

*Auszug Aussage Justin Berger, 15 Jahre alt, Schüler*
*(...) Nee, ich hab nix gesehen. Also nix Richtiges. Ich war ja auch viel zu weit weg.*

*Da konnte ich gar nix sehen.*

Die anderen sagten, du hättest dicht daneben gestanden.

*Ich? Nee. Also ... also, ich hab schon da irgendwo gestanden, neben meinen Kumpels. Robert und Azad und äh ... und ... Na egal, die beiden eben und ich und dann noch hinten die Mädchen, Tuana und Sanne. Aber die waren weiter hinten.*

War noch jemand dabei?

*... Nee. Weiß nicht. Hinterher kam dann noch Pick ... Pascal und die Schwester von Anders, die auch. Aber sonst, weiß ich nicht mehr. Mensch, ich hatte auch schon was intus, oder? (...) Niklas? Ach ja, stimmt, der war auch dabei, ja klar. Aber sonst, weiß ich jetzt nicht.*

Und was ist dann passiert?

*Nee, und dann haben wir halt alle so rumgemacht und gequatscht und Anders, der ist dann einfach aufs Geländer. Einfach hoch und dann stand der da rum. Ich hab noch gerufen, Mann, pass auf, ist doch gefährlich! Oder so, aber da war das dann schon zu spät. Da ist er dann nach hinten gefallen. Ausgerutscht oder so. Also, dass ihn einer ge-*

*stoßen hat oder so, das hab ich nicht gesehen. Ich hab dann gleich den Krankenwagen gerufen. Kam auch ziemlich schnell. Und die haben dann ja auch Sanne und seine Schwester mitgenommen, die waren ja auch voll unter Schock.*

*Wie war die Stimmung vorher?*

*Na, gut. War gute Stimmung. Locker, so wie man halt so drauf ist, wenn man abends länger feiert und so. Kein Stück aggressiv oder so, also nicht dass ich wüsste.*

*War eigentlich eine gute Party. Nichts Besonderes eigentlich. Alles voll okay. Bis auf die Sache dann.*

*War halt ein Unfall. So seh ich das jedenfalls.*

..................................................

**Auszug Aussage Pascal Wisniewski, 16 Jahre alt, Schüler**
*(...) Ich kann dazu nicht viel sagen. Also, wie es eigentlich dazu gekommen ist. Wir waren zwar alle auf dem Fest, aber dann hab ich die anderen weggehen sehen und bin dann ... also ich bin mit Signe, das ist Anders' große Schwester, dann dazugekommen. Signe, die hatte gesehen, wie Anders einen Zettel bekommen hatte und losgegangen ist, und da war sie besorgt, und da sind wir halt hinterher. Und als wir ankamen, da ist Anders gerade aufs Geländer rauf. Ja, die anderen standen um ihn rum, die aus unserer Klasse, also Robert und Azad und Justin und Tuana und Sanne waren auch noch da ... und noch einer, ein Kumpel von Azad, glaube ich. Und ich meine, Niklas, aber das könnte ich jetzt nicht beschwören. Vielleicht auch noch mehr Leute. Jedenfalls ist Anders gerade aufs Geländer rauf, und dann gab es so eine Art Aufruhr, ich denke, sie hatten sich irgendwie gerade gestritten.*

*Weißt du, worüber?*

*Nee, keine Ahnung. Aber auf jeden Fall hatten sie Stress da. Und dann hab ich nur gehört, wie einer geschrien hat, dass Anders auf-*

*passen soll oder so, ich glaube, das war Justin. Also Justin Berger, der geht auch in meine Klasse.*

Und dann ist Anders nach hinten gefallen. Ich bin mir nicht sicher, aber ich glaub nicht, dass ihn einer geschubst hat. Aber beschwören könnt ich das nicht. Ich war zu weit weg.

Hast du sonst etwas gesehen, das in dieser Sache von Belang sein könnte?

*Also ... da müsste ich noch mal nachdenken, aber nee, ich glaub nicht. Obwohl, wissen Sie, manchmal denke ich, da wär ein Stein geflogen.*

*Weil Anders so zusammengezuckt ist, bevor er dann nach hinten gefallen ist. So zuckt man eigentlich nur, wenn irgendwas ist. Wenn man sich erschrickt oder so. Oder eben, wenn einen was trifft. Ein Stein oder so. Aber gesehen ... nein, gesehen hab ich das nicht.*

........................................................

**Auszug Aussage Signe Jaspersen, 19 Jahre alt, Auszubildende**
*(...) Wir sind erst später dazugekommen, Pascal und ich. Ich hatte mir Sorgen gemacht, weil er so allein weggegangen war und dann vorher diesen Zettel bekommen hatte ... Pascal und ich sind hinterhergegangen, und da stand Anders schon oben auf dem Geländer, umringt von den anderen. Er war schon immer ziemlich sportlich, schon als kleines ... schon als kleiner Junge, meine ich. Ganz offenbar haben sie ihn in die Enge getrieben und er konnte sich nicht anders helfen, als auf das Geländer zu steigen.*

*Allein das ist schon schlimm, finde ich. Ich glaube, diese Jungs kennen kein Maß. Die wissen nicht, wo man aufhören muss.*

Haben Sie gehört, was gesprochen wurde?

*Nein, ich hab nur gehört, dass sie was gerufen haben. Ob sie sich gestritten haben, weiß ich nicht, dazu waren wir ja auch viel zu weit weg. Aber ich denke schon, dass sie ihn in die Enge getrieben haben.*

*Robert, dessen beiden Freunde, diese dunkelhaarigen jungen Männer. Die beiden hatte ich noch nie gesehen.*

Und Robert kannten Sie schon?

*Klar, Robert kannte ich, zumindest aus Anders' Erzählungen, und dann hatte ich ihn auch direkt vorher auf dem Fest da gesehen. Pascal hatte ihn mir gezeigt.*

*Mit Robert hatte Anders die ganze Zeit schon Ärger. Der hat ihn getriezt, wo er nur konnte. Warum, weiß ich nicht genau, eigentlich gab es keinen richtigen Grund, außer vielleicht, dass unser Vater der Chef seines Vaters geworden war. Mein Vater hat mal erzählt, dass er und Roberts Vater nicht gut auskamen. Aber ob das der Grund war, dass Robert Anders nicht leiden konnte, weiß ich nicht. Ich persönlich glaube ja eher, Robert war eifersüchtig. Das ist ja manchmal so, da kommt ein Neuer in die Klasse und das bringt dann Aufruhr mit. Und Anders hat immer schon polarisiert: Die einen fanden ihn gut, die anderen nicht.*

*Die Leute haben Anders immer schon angestarrt und komisch gefunden, weil er eben schon immer anders war als die anderen. Weicher vielleicht. Besonders. Er hatte schon immer eine besondere Ausstrahlung. Und das können manche Leute einfach nicht vertragen.*

*Aber dass man deshalb jemanden so in die Enge treibt, dass er am Ende von einer hohen Brücke stürzt!*

*Wissen Sie, das ist mir fast egal, ob sie ihn nun geschubst haben oder nicht. Sie haben auf jeden Fall Schuld. Alle, die da standen. Sie haben Schuld, dass Anders am Ende gefallen ist.*

*Und er hatte ihnen, verdammt noch mal, wirklich nichts getan! Er war einfach nur anders.*

........................

## Kapitel 1

# SZENENWECHSEL

Alle sehen ihn sofort. Wie er da hockt, lässig auf den Stuhl gegossen, die Beine nach vorn gestreckt, die Daumen in den Schlaufen seiner Jeans. Sein Rucksack liegt neben ihm auf dem Boden und die Haare fallen ihm ins Gesicht. Er guckt sich nicht um, nicht ein einziges Mal, er sieht einfach nach draußen, auf den Schulhof und die Turnhalle dahinter und die Bäume im Rund, oder vielleicht guckt er auch gar nicht, vielleicht träumt er auch nur, das kann keiner so genau sagen. Seine Augen sind nicht zu sehen, aber sein Profil und die Körperhaltung, eigentlich ist sofort alles klar, für alle, die ihn jetzt, in diesem Moment, zum ersten Mal sehen.

Er guckt sich nicht ein einziges Mal nach seinen neuen Klassenkameraden und -kameradinnen um, die jetzt nach und nach den Raum betreten. Stattdessen sitzt er da und sieht nach draußen, und erst als fast alle schon reingekommen sind, pustet er sich das Haar aus dem Gesicht und wendet den Kopf. Sein Blick fällt auf eines der Mädchen, die ihn allesamt verstohlen mustern, genau wie die Jungs auch, und dann lächelt er kurz, ganz kurz nur und leicht.

Und auch das sehen alle sofort. Alle sehen, wie er da sitzt, alle sehen ihn lächeln, und alle sehen auch, wen er anlächelt. Und nicht allen gefällt das.

Dann kommt Wieczorek herein und zieht die Tür hinter sich zu und stellt seine Tasche mit Schwung auf den Tisch, wie immer, und die erste Unterrichtsstunde der 9b nach den Sommerferien beginnt. Viel hat sich nicht verändert: In Englisch, Mathe und Chemie haben die Lehrer gewechselt und Matilda ist nach Bayern gezogen. Aber dafür ist der Neue gekommen.

..................................................

## Sanne

*Ich fand ihn sofort total süß. Wie er da saß und uns alle ignorierte und sich dann irgendwann mal die Haare aus den Augen blies und sich ganz vorsichtig umsah, das fand ich einfach süß. Die meisten anderen Jungs hielten ihn bestimmt für ziemlich cool, und die Mädchen auch, aber ich – ich fand ihn einfach total süß, so, wie er da saß.*

*Und als er sich dann doch endlich mal umsah und sein Blick auf mich fiel, da hatte ich auf einmal dieses merkwürdige Gefühl im Bauch. So ein Ziehen. Ich hab gleich begriffen, dass das ein ganz besonderer Moment war, der Moment, in dem Anders und ich uns das erste Mal ansahen.*

*Wir guckten uns nur an, ohne irgendwas zu machen, und dann stieß Nicole von hinten mit ihrem Rucksack gegen mich und zischte irgendwas, aber für einen Moment konnte ich nicht weitergehen. Ich konnte einfach nur dastehen und ihn ansehen, und er sah mich an, und dann blies er noch mal seine Haare aus dem Gesicht und fing an zu lächeln, ganz leicht nur, aber da, da wusste ich einfach ... da wusste ich, dass das mit uns beiden was Besonderes werden würde.*

*Und das war dann ja auch so.*

*Ich hab wirklich niemand anderen, niemanden, keinen Jungen und kein Mädchen, ich hab nie wieder jemanden gesehen mit so einem Lächeln wie Anders.*
*Mit so einem unglaublich besonderen Lächeln.*
*Und ich wette, ich werde auch nie wieder jemanden sehen, der so lächeln kann wie Anders.*

........................................

Wieczorek reibt sich die Hände und sieht ins Klassenbuch, während alle sich nach und nach setzen. Das dauert eine Weile, schließlich ist es der erste Tag nach den Sommerferien, da muss man sich ja erst mal wieder ordentlich begrüßen und ein bisschen erzählen. Aber als Wieczorek dann schließlich dreimal in die Hände klatscht und das Klassenbuch mit Schwung zuklappt und wieder aufschlägt, da wird es allmählich still.

»Oh, ihr habt also alle noch Ohren«, sagt Wieczorek und grinst sein typisches Wieczorek-Lächeln, nicht besonders freundlich, aber auch nicht so genervt wie manch andere Lehrer. »Alles klar hier bei euch? Gut. Dann sehen wir mal, ob wir komplett sind.« Er sieht wieder ins Klassenbuch und fängt an, mit betont leiernder Stimme die Namen vorzulesen. »Achenbach, Juliane – aha, anwesend. Atli, Azad. Berger, Justin ... Justin? Soso, der Herr schläft noch, richtig? Dombach, Niklas ...«

Alle heben sie nach und nach die Hände oder brummen etwas vor sich hin, rufen ein übertrieben lautes »Ja!« oder »Hier!« oder »Jawohl!« in die Klasse, und als Tarik auch beim dritten Aufruf nicht reagiert, weil er so angeregt mit Vincent tuschelt, da lacht die halbe Klasse los, weil sich Wieczorek mit dem Klassenbuch in der Hand an ihn heranschleicht und eine ganze Reihe von Grimassen zieht, bis Tarik endlich kapiert, dass er dran ist.

Schließlich hat Wieczorek die Liste heruntergelesen. Alle sind anwesend und alle wissen, dass noch ein Name fehlt.

Fast alle haben die ganze Zeit immer wieder zu dem Neuen hinübergesehen, der immer noch lässig dasitzt und aus dem Fenster guckt. Fast alle haben ihn mit verstohlenen Blicken gemustert, bis auf Pascal, der direkt neben ihm sitzt, aber noch kein Wort mit ihm gewechselt hat und sowieso kaum hochblickt.

Pascal ist ziemlich schüchtern. Mit so vielen Pickeln im Gesicht wäre allerdings wahrscheinlich jeder schüchtern.

»Und jetzt – tätätätääää!«, ruft Wieczorek theatralisch, aber diesmal lacht keiner, weil es ja auch nicht besonders komisch ist. »Jetzt kommen wir zu einem kleinen Sonderauftritt. Wie ihr alle bemerkt haben dürftet, haben wir einen neuen Schüler in unserer Mitte, der diese überaus gut funktionierende Klassengemeinschaft sicher noch weiter bereichern wird.« Wieczorek schlendert zu der Bank rüber, in der Pascal und der Neue sitzen, und jetzt dreht der Neue den Kopf und sieht Wieczorek entgegen. Ganz lässig guckt er, genau so, wie er sitzt.

»Wen haben wir denn hier?«, fragt Wieczorek und vergewissert sich noch mal im Klassenbuch. »Aha, den Herrn ... Herrn Jaspersen. Anders Jaspersen. Ein interessanter Name! Nicht Andreas, nicht André, sondern Anders!«

Irgendwo in den hinteren Reihen wird gemurmelt und einer der Jungs lacht hämisch. Wieczorek ignoriert das. »Ein nordischer Name, richtig, Anders?«

Anders, der Neue, nickt. »Kann sein«, sagt er. »Klar.« Seine Stimme klingt weich und ziemlich hell. Und total entspannt.

*Justin*

*Der hat uns von Anfang an genervt, einfach die ganze Art und alles. Wie der da so lässig rumsaß, und immer so die Haare aus dem Gesicht pusten, nee, echt. Hat uns einfach genervt, Robert und mich. Und Niklas und Azad auch.*

*Der war wie so ein Eindringling, obwohl er ja eigentlich gar nichts groß gemacht hat. Aber irgendwie... Ich meine, es ist ja so, dass wir schon seit der 7. alle in einer Klasse sind, also seit wir auf die Gesamtschule gewechselt sind. Also, wir kennen uns jetzt alle seit zwei Jahren, und da hat jeder so seine Rolle oder sein Ding laufen. Und dann kommt da so ein Typ an und guckt arrogant in der Gegend rum und gräbt auch noch die Mädchen an, vor allem Sanne, ja?*

*Nee, das konnte ich einfach nicht ab. War ja auch klar, dass Robert da irgendwann durchdreht, wenn der nicht damit aufhört. Und irgendwie hab ich mich auch sofort von dem provoziert gefühlt. Und dann heißt der auch noch so blöd. Anders!*

*Arrogant hoch zehn, oder? Schon der Name allein. Ich mein, den hat er sich ja wohl nicht ausgesucht, aber trotzdem.*

...........................

In der großen Pause scheucht Wieczorek alle raus auf den Schulhof, obwohl sie natürlich wie üblich protestieren. Aber Wieczorek lässt sich nicht erweichen. »Raus mit euch!«, ruft er mit schaufelnden Gesten. »Bewegung, Frischluft, los, los!«

Anders, der Neue, steht als einer der Ersten auf und schlendert aus der Klasse; das ist gut, denn so können ihn die anderen richtig in Augenschein nehmen: seinen lang aufgeschossenen, schmalen, aber dennoch muskulösen Körper, die geraden, breiten Schultern, die langen Beine. Er geht so, wie er gesessen hat: lässig, locker, ohne sich zu beeilen.

Als hätte er alle Zeit der Welt. Und als könnte ihn nichts aus der Ruhe bringen.

Ein bisschen auch, als würde er träumen.

Ein ganzer Trupp Mädchen geht hinter ihm, kichernd. Sie reden über andere Dinge, aber natürlich haben sie den Neuen ganz genau im Blick, wie er die Treppe runtergeht, fast schon hüpft, sich unten suchend umsieht und dann Pascal und Azad durch die Glastür nach draußen folgt, auf den sonnenüberfluteten Schulhof. Es ist warm, jetzt im August, aber nicht mehr so heiß wie in den vergangenen Wochen, zum Glück. Die Kastanien rings um den Hof sind halb verdorrt, das Gras an den Außenanlagen längst vertrocknet.

Anders bleibt mitten auf dem Schulhof stehen und legt den Kopf in den Nacken. So steht er da und lässt sein Gesicht von der Sonne bescheinen, die Hände in den Taschen seiner weit sitzenden Jeans zu Fäusten geballt.

Sanne, die hinter den anderen Mädchen an ihm vorbeigeht, sieht, wie seine weiche, glatte Haut im Sonnenschein glänzt, und für einen Moment möchte sie die Hand ausstrecken und über seine Wange streichen. Das ist komisch, das hat sie noch nie bei einem Jungen gewollt. Jungs sind Jungs, und Sanne ist Sanne. Aber Anders ist irgendwie anders.

Und dann senkt er den Blick und sieht Sanne direkt ins Gesicht, mit Augen, so blau wie das Mittelmeer, an dem sie letztes Jahr im Sommer mit ihren Eltern und ihrer kleinen, nervigen Schwester gewesen ist. Er sieht sie an und lächelt, und sie lächelt zurück, nur ganz kurz, dann geht sie schnell weiter, zu den anderen Mädchen, die sich im Schatten an der Mauer versammelt haben, und Sanne bleibt stehen, zögert, aber dann geht sie doch weiter.

Anders vergräbt die Hände noch tiefer in den Hosentaschen,

als Robert, Azad und Justin auf ihn zukommen. Niklas trabt hinterher. Robert hebt die Brauen.

»Na, und?«

»Was, na und?«, fragt Anders zurück. Roberts Tonfall ist freundlich, aber es ist deutlich zu sehen, dass Anders ihn nervt.

»Wo kommst du eigentlich her?«, fragt Robert.

»Kiel.«

»Kiel?«

»Liegt an der Ostsee, ganz oben.«

Robert zieht die Brauen noch höher, schließlich hat er nicht gefragt, wo Kiel liegt, und natürlich weiß er das. Er hat es nicht gern, wenn ihm jemand zuvorkommt. »Und was willst du dann hier?«

»Mein Vater hat hier einen Job gekriegt«, sagt Anders. Er sieht Robert direkt an, ohne mit der Wimper zu zucken, mit leuchtenden Augen. Für einen Augenblick ist Robert irritiert.

»Wo?«, fragt er rau.

Anders zuckt mit den Schultern. »Bei diesem großen Chip-Hersteller hier. Mein Vater ist Ingenieur.«

»Klar, die Cirrus«, sagt Niklas, dessen Vater auch dort arbeitet, genau wie der von Robert auch. Azads Vater wiederum nicht, der ist eigentlich Klempner, hat aber keinen Job, so wie viele andere Väter auch. Justins Vater hat weder was gelernt noch einen Job, aber das ist sowieso egal, weil er schon eine Weile weg ist. Und Pascals Vater ist tot.

Aber die meisten anderen Väter, sofern sie Arbeit haben, die sind bei der Cirrus.

So was verbindet, doch Robert will nicht, dass ihn oder die anderen etwas mit Anders verbindet. Jedenfalls nicht, bevor er sich eingefügt hat in die Klassengemeinschaft. Deren Chef Robert ist. Zumindest deren Klassensprecher.

»Haben die Wasserratten bei euch da oben alle so lange Haare?«, fragt er und Niklas gluckst, wird aber gleich wieder still.

»Nein, nicht alle«, sagt Anders. Mehr sagt er nicht. Er steht da und guckt Robert an, ganz offen, und schweigt, und nur wenn man ganz genau hinsehen würde, könnte man entdecken, dass seine Fäuste in den Hosentaschen sich bewegen. Als würden sie zittern. Aber vielleicht ballt er sie auch nur noch fester.

Schließlich zieht Robert die Nase hoch und zuckt mit den Schultern, bevor er sich abwendet und wortlos davongeht. Justin und Azad latschen ihm gleich hinterher, aber Niklas bleibt noch einen Moment bei Anders stehen.

»Ej, spielst du Fußball?«, fragt er.

Anders zögert, dann schüttelt er den Kopf. »Nee. Aber oben in Kiel war ich oft windsurfen. Und segeln.«

»Segeln? Cool. Hattest du ein eigenes Boot oder was?«

»Mein Vater, ja.«

»Sehr cool.« Niklas überlegt. »Tja, aber segeln kann man hier bei uns nicht.«

»Nee, hab ich auch schon mitgekriegt.«

Anders und Niklas lächeln sich an, ein ganz kurzes Lächeln von beiden Seiten, aber ein Lächeln.

»Tja, dann musste halt mal Fußball spielen«, sagt Niklas.

»Würd ich ja, darf ich aber nicht.«

»Hä, wieso?«

Jetzt ist es Anders, der mit den Schultern zuckt. »Ich hab was mit'm Herzen. Kann keinen Sport machen. Jedenfalls die meisten Sportarten nicht.«

»Is ja beknackt. Tja, haste Pech«, sagt Niklas, und dann ruft Azad ihn und er nickt Anders zu und zieht ab, rüber zu Azad und Robert, der ihm finster entgegensieht.

Die Mädchen haben genau zugesehen, wie Robert, Justin

und Azad mit Anders geredet haben. Anders hat vollkommen entspannt zwischen ihnen gestanden, ohne wegzusehen, das ist allen aufgefallen.

»Der ist süß, was?«, fragt Tuana.

»Zucker!« Annie kichert, das macht sie meistens.

»Wollen wir nicht mal hin?«

»Na, dann geh doch!«, sagt Thao und mustert Anders interessiert. Nie im Leben würde Thao auf einen Jungen zugehen, dazu ist sie viel zu zurückhaltend.

Tuana ist diejenige, die sich traut, wie immer. Die anderen traben hinter ihr her, Sanne zuletzt. Sie will eigentlich nicht, aber jetzt kann sie auch nicht hier stehen bleiben.

»Hi!«, sagt Tuana und bleibt vor Anders stehen. »Na, und, wie findest du das hier so bei uns?«

»Bis jetzt ganz okay«, sagt Anders. Mensch, hat der blaue Augen! Sanne weiß, dass sie nicht die Einzige ist, der das auffällt. Alle starren sie ihn an, verschlingen ihn mit Blicken, sogar Thao, die eigentlich immer so tut, als würde sie sich für niemanden interessieren.

»Kiel, ist das nicht am Meer?«, fragt Tuana.

»Mhm. An der Ostsee.«

»Da kannst du bestimmt gut schwimmen, oder?«, fragt Annie und kichert.

»Jupp.« Anders nickt. Seine leuchtend blauen Augen mustern die ihn umstehenden Mädchen der Reihe nach, bis sie an Sanne hängen bleiben. Sanne muss sich anstrengen, um wegzusehen. Aber sie schafft es.

»Hast du Geschwister?«, fragt Annie.

»Ja, zwei ältere Schwestern«, sagt Anders und sieht dabei immer noch Sanne an. »Aber die eine, die wohnt nicht mehr zu Hause.«

»Und die andere?«

»Die schon«, sagt er und lacht.

Strahlend blaue Augen hat er und strahlend weiße Zähne. Nicht zu fassen. Sanne ist auf einmal ein bisschen übel. Wahrscheinlich kriegt sie gerade ihre Tage. Auf jeden Fall muss sie jetzt mal ganz schnell aufs Klo.

Genau da klingelt es und die Pause ist vorbei.

Selten war Sanne so froh darüber.

## Signe

*Als er nach Hause kam, hab ich ihn gleich gefragt, wie sein erster Tag an der neuen Schule war. Gut, hat er gesagt. Aber ich hab gespürt, dass ihn etwas bewegt hat.*

*Anders hat immer schon viel cooler getan, als er war. Das musste er wohl auch, klar. Aber eigentlich war er total weich, schon immer. Total lieb. Viel zu lieb irgendwie.*

*Wir hatten alle ein bisschen Angst um ihn. Er war immer so zerbrechlich, auch und gerade für einen Jungen.*

*Ich fand es eigentlich nicht so gut, dass wir aus Kiel weggezogen sind. Auch für Anders, ich fand, er hätte einfach die Schule wechseln können und gut. Kiel ist groß, da kennt nicht jeder jeden, da kann man einfach verschwinden. Ich hab eine Freundin, mit der bin ich in der Grundschule in eine Klasse gegangen und nach der Vierten sind wir dann auf verschiedene Schulen, die hab ich nicht ein einziges Mal in all den Jahren zufällig getroffen in der Stadt oder so, nur wenn wir verabredet waren.*

*Also ich finde, wir hätten auch in Kiel bleiben können. Aber meine Eltern fanden es richtig, dass wir umgezogen sind. Das sei ein Neuanfang, für alle, haben sie gesagt. Und dass wir das brauchen könnten, nach dem, was war.*

*Ich selbst hätte keinen Neuanfang gebraucht, aber es war schon okay. Klar, ich hätte ja auch in Kiel bleiben und da eine Ausbildung beginnen können. Zwei Plätze hatte ich in Aussicht, und ich hab auch richtig überlegt. Aber dann fand ich es eigentlich doch nicht schlecht, noch mal in so eine kleinere Stadt umzuziehen. Und ich wollte auch gar nicht so gern weg von zu Hause, jedenfalls noch nicht.*

*Und wenn ich ganz ehrlich bin: Ich wollte auch Anders nicht so gern allein lassen.*

*Aber das musste ich dann ja doch.*

*Man kann niemanden beschützen. Jedenfalls nicht richtig, und nicht dann, wenn es drauf ankommt. Und schon gar nicht vor sich selbst.*

## Kapitel 2

# EISLUTSCHER

Die anderen brauchen keine zwei Wochen, um zu merken, dass Anders zwar kein Streber ist, aber trotzdem nicht schlecht in der Schule. In den meisten Fächern kommt er gut mit, aber das fällt nicht so richtig auf, weil er sich nicht oft meldet. Wieczorek und die anderen Lehrer, vor allem Ethik-Schrader, fordern ihn zu Anfang oft auf, sich mehr zu beteiligen, aber Anders bleibt zurückhaltend.

Meistens sitzt er ruhig da und sieht aus dem Fenster, aber wenn er dann aufgerufen wird, weiß er meistens die Antwort. Zumindest weiß er, worum es gerade geht, und das ist mehr, als die anderen oft zu bieten haben. Vor allem Justin.

Justin hat immer schon Mühe gehabt, dem Unterricht zu folgen, manchmal fragt er sich selbst, wie er es eigentlich bis in die neunte Klasse geschafft hat. Aber hier sitzt er jetzt, neben Robert, und das ist gut so, denn Robert ist ziemlich clever und davon kann Justin ja nur profitieren.

Robert und Justin sitzen schräg hinter Anders, und Justin kriegt genau mit, dass Roberts Blicke Anders' schmalen Rücken wie Pfeile zu durchbohren scheinen.

Nach einer guten Woche hat Robert Azad und Niklas so weit, sie tauschen die Plätze. Jetzt sitzen Justin und Robert auf einer Höhe mit Anders.

Und mit Pascal.

Und mit Thao und Sanne.

........

**Sanne**

*In der Siebten, da hab ich mal mit Robert geknutscht. Das war, als ich ihn noch gut fand, als er noch nicht so den King raushängen ließ. Niklas hatte Geburtstag, er durfte so eine richtige Riesenparty bei denen im Ferienhaus machen, mit Programm und Buffet und so, da kam sogar extra ein Märchenerzähler. Na ja, Märchenerzähler sind nicht mehr so der Hit, wenn man in der Siebten ist, aber die Party war trotzdem cool. Am Ende haben wir dann noch Flaschendrehen gespielt, und da kam das dann eben so, dass ich Robert küssen sollte. Hab ich auch gemacht. Die anderen haben alle gelacht, aber ich nicht, und Robert auch nicht.*

*Am nächsten Tag nach der Schule haben wir dann noch mal geknutscht, so richtig. Robert hat mich gefragt, ob ich seine Freundin sein will, und erst wollte ich auch. Aber ich hab schon nach drei Tagen Schluss gemacht. Irgendwie wollte ich dann doch nicht, und ich hatte auch keine Lust mehr, mit ihm zu knutschen. Na ja, und seitdem ist es komisch mit uns.*

*Er tut immer so, als ob er mich nicht sieht. Aber alle, alle wissen, dass er auf mich steht. Obwohl er schon massig Freundinnen hatte nach der Geschichte da. Der war bestimmt schon mit neun oder zehn Mädchen aus unserer Schule zusammen. Auch mit Annie. Und von Annie weiß ich auch, dass er sich nicht mehr nur mit Knutschen zufriedengibt.*

*Und dass er noch auf mich steht.*

*Klar, er sieht wirklich gut aus. Wer's mag. Ganz ehrlich: Als wir noch jünger waren, in der Grundschule, da waren wir ja auch schon in einer Klasse gewesen, da war er wirklich süß. Deshalb wollte ich ja auch erst damals, mit ihm. Aber jetzt finde ich ihn supereingebildet und blöd.*

*Ich glaube, dass das manchen Jungs nicht guttut, wenn sie zu gut aussehen.*

*Und manche wissen gar nicht, wie gut sie aussehen. Anders zum Beispiel.*

*Anders wusste das nicht. Da bin ich mir sicher.*

*Jetzt noch mehr als sowieso schon.*

*Anders wusste kein Stück, wie er wirkte. Dazu war er viel zu beschäftigt, nämlich damit, herauszufinden, wer er eigentlich war.*

*Wer er sein wollte, das wusste er schließlich ja schon.*

*Aber was mich angeht – ich fand ihn gut so, wie er war.*

........................................................

Es ist einer der heißesten Tage des Jahres, als Sanne Anders das erste Mal außerhalb der Schule begegnet. Die Sonne brennt vom Himmel, so sehr, dass der Asphalt auf den Straßen zu riechen beginnt. Das Gras an den Seitenstreifen ist zu braunen Stängeln verdorrt, an den Mülleimern in der Fußgängerzone kriechen träge Wespen herum. Gemeinsam mit Tuana war Sanne im Freibad, aber da war es so voll, dass sie schnell wieder geflüchtet sind.

Vor dem Eiscafé Feletto steht eine kleine Schlange Mütter mit Kindern an, aber an den Tischen sind viele Plätze frei.

Tuana seufzt erleichtert auf. »Komm, wir setzen uns in den Schatten! Ich nehme einen Spaghetti-Eisbecher, du auch?«

»Nee, lieber nicht. Einen Eiskaffee.«

»Pah, willst du abnehmen oder was?« Tuana stupst Sanne in

die Seite, aber dann zieht sie plötzlich die Luft ein. »He, guck mal, wer da rumsteht!«

Sanne folgt ihrem Blick und dann muss sie tief einatmen. Meine Güte, ist das heiß!

Tuana ist mit drei Schritten bei Anders und tippt ihm auf die Schulter. »He, wie viel Kugeln sind das denn? Zehn oder was?«

Anders lacht. »Acht«, sagt er und zieht eine Grimasse, während er genüsslich an der obersten Kugel leckt. »Aber ich schaff auch zehn, da hast du recht.«

»Kommst du mit da in den Schatten? Wir setzen uns hin.«

Offenbar bemerkt Anders erst jetzt, dass Sanne hinter Tuana steht. Er nickt ihr zu und zuckt gleichzeitig mit den Schultern. »Okay, warum nicht?«

Tuana gibt sich alle Mühe, Anders gründlich auszufragen, während sie auf ihre Bestellung warten. »Was ist dein Vater noch mal?«

»Ingenieur.«

»Und deine Mutter?«

»Lehrerin.«

Anders scheint sich nicht an Tuanas Neugier zu stören. Er antwortet ganz lässig und leckt an seinem Eis, während sein Blick über die vielen Leute wandert, die am Eisstand anstehen.

Sanne kann nicht anders, sie muss immer mal vorsichtig auf seinen Mund sehen. Er hat schöne Lippen, findet sie, volle Lippen. Und seine Haut sieht so weich aus. Als ob er sich noch gar nicht rasieren müsste. Aber das kann ja kaum sein.

»Lehrerin?«, fragt Tuana. »Welche Schule?«

»Grundschule.«

»Ach, welche denn?« Tuana setzt sich aufrecht hin. Sanne merkt, dass sie Anders gut findet, sie merkt es an der Art, wie

Tuana sich immer wieder geziert über die Stirn wischt und wie sie die Beine übereinanderschlägt. So kokett irgendwie.

»Nicht hier. In Finkenberge«, erklärt Anders und leckt genüsslich an seinem Eis.

»Ach so«, sagt Tuana enttäuscht. »Mein kleiner Bruder geht nämlich hier auf die Pestalozzi.«

»Aha«, sagt Anders und zwinkert Sanne zu. Sanne erstarrt zu Stein und sieht schnell weg.

Die dickliche Kellnerin bringt Tuanas Eisbecher und Sannes Eiskaffee, und Tuana macht sich sofort über ihr Eis her, ohne mit ihren Fragen aufzuhören. »Und deine Schwestern? Was machen die?«

»Die eine studiert und die andere macht eine Ausbildung zur Einzelhandelskauffrau bei der Firma Juntermann. So, jetzt weißt du Bescheid!« Anders grinst Sanne jetzt ganz offen an. Sanne lächelt zögernd zurück.

Tuana merkt nichts davon, so sehr ist sie mit ihrem Eis beschäftigt. Das hindert sie aber nicht daran, Anders noch weitere Fragen zu stellen. »Und wie kommst du mit Pickelgesicht klar?«

»Pickelgesicht?« Anders runzelt die Stirn.

»Na, dein Sitznachbar. Pascal Pickelgesicht.«

Anders runzelt immer noch die Stirn. »Der ist okay«, sagt er. Er ist jetzt mit seinem Eis fertig und die Waffel verschwindet knirschend in seinem Mund.

Sanne senkt den Blick. Sie hat erst einen Schluck von ihrem Eiskaffee getrunken. Irgendwie schmeckt der nicht. Obwohl sie Eiskaffee liebt. Aber vielleicht schmeckt er auch und ihr ist nur komisch im Magen.

»Und wieso machst du nicht beim Sportunterricht mit?«, fragt Tuana.

Sanne sieht Anders verwundert an. Das hat sie noch gar nicht mitbekommen.

»Ich hab einen Herzfehler«, sagt Anders achselzuckend. Ein plärrendes Kind an der Hand seiner Mutter stößt gegen seinen Stuhl und Anders sieht ihm nachsichtig hinterher.

»Echt? Wie? Was denn für einen?« Tuanas Lippen glänzen vom Eis.

»Eine Herzrhythmusstörung«, sagt Anders und seine Stimme klingt auf einmal ein bisschen vorsichtig.

»Ich dachte, du hast bei euch da oben gesegelt? In Kiel? Hast du das nicht erzählt, dass du da gesegelt hast? Und gesurft bist du doch auch, oder?«

Anders läuft ganz leicht rot an. Kann sein, dass es an der Hitze liegt. »Krass, ist das heiß«, sagt er. »Ja klar, Surfen, Segeln, das geht. Und Ausdauersport auch, Laufen, Schwimmen und so. Aber andere Sachen halt nicht. Ballsportarten. Fußball. Also, wo man mit anderen zusammenknallen kann.«

»Beim Segeln kann man doch auch mit anderen zusammenknallen.« Tuana lächelt breit.

»Nicht, wenn man gut ist.« Anders lässt sich nicht aus der Fassung bringen. Tuana allerdings auch nicht.

»Nächstes Jahr kriegen wir Bodengymnastik«, sagt sie. »Vielleicht geht das ja.« Sie fängt an zu grinsen und Anders grinst auch. Dann fangen sie beide an zu lachen und Sanne muss ebenfalls lächeln.

»Klar, Bo-den-gym-nas-tik«, sagt Anders und dehnt das Wort bei jeder Silbe. »Das geht bestimmt!«

Komisch. Bodengymnastik – das Wort klingt auf einmal richtig verrucht. Sanne spürt, dass sie ebenfalls errötet. »Mensch, ist das warm!«, sagt sie und wischt sich über die Stirn.

Anders beobachtet sie. Als sie ihn ansieht, lächelt er schon wieder und Sanne wird noch heißer. Wenn das überhaupt geht.

»Und?«, fragt er. »Klärt mich doch mal auf. Was kann man denn hier in eurem Kaff sonst noch so machen?«

So richtig viel machen kann man eigentlich nicht, da sind Tuana und Sanne sich einig. Aber ein paar Sachen gibt es doch: das Kino und den Jugendtreff, wo manchmal, aber nur ganz manchmal, gute Partys stattfinden. Dann gibt es natürlich den Fluss mit den Gaststätten am Ufer, da, wo das kleine Stück Sandstrand ist, und ein paar Sportvereine. Und den Naturschutzbund, da ist Sanne Mitglied; manchmal machen sie Vogelbeobachtungen und Fahrten und so. Und Berlin ist ja auch nicht weit weg, gut zwei Stunden mit der Bahn von Finkenberge aus, dann ist man am Hauptbahnhof.

»Und wo hängt ihr sonst so ab, außer hier in der Eisdiele?«, fragt Anders.

»Na, im Sommer im Freibad!«, sagt Tuana und blinzelt Sanne zu. »Komm doch mal mit! Wir gehen morgen auch wieder!«

Anders rückt seinen Stuhl beiseite, damit ein muffig dreinblickender Typ eine alte Frau im Rollstuhl an ihm vorbei ins kühle Innere der Eisdiele schieben kann. »Nee«, sagt er, »nee, morgen kann ich nicht. Wir fahren weg.«

»Ach? Und wohin?«, fragt Tuana und grinst ganz breit. Sie hat wunderschöne gerade, weiße Zähne, die jetzt so richtig in der Sonne blitzen, und Sanne verspürt plötzlich einen Stich im Magen. Ihre Zähne sind lange nicht so schön, ein bisschen schief sind sie, aber nicht so, dass sie eine Klammer braucht. Jedenfalls fanden das ihre Eltern und ihr Zahnarzt. Sanne selber war da anderer Ansicht, aber sie hat ja keiner gefragt.

Anders bläst sich eine lange blonde Haarsträhne aus dem Gesicht. »Du bist aber gar nicht neugierig, was?«

»Doch, und wie!«

Anders lacht. »Pech für dich.« Dann beugt er sich ein wenig über den Tisch, in Sannes Richtung, und Sanne erstarrt. Anders sieht sie an, seine Augen scheinen im Schatten zu leuchten. »Du sagst ja gar nichts mehr. Bist du immer so still?«

Sanne holt Luft. Aber bevor sie antworten kann, lacht Tuana dazwischen.

»Sanne? Sanne doch nicht! Die ist nicht still!«, sagt sie laut und ihre Stimme klingt plötzlich eine Spur zu schrill. »Was meinst du, was die so erzählen kann, vor allem über die Jungs, mit denen sie gerade zu tun hat!«

Sanne sieht, wie Anders' Miene sich verändert, ganz kurz nur, aber es ist, als ob sich in ihm eine Tür wieder schließt, die gerade eben ein Stück weit aufgegangen war. Einen Moment lang sieht er ihr noch in die Augen, dann lehnt er sich wieder zurück. »Na gut, und was kann man hier sonst noch machen?«

»Abends hängen wir manchmal an der Brücke rum«, sagt Tuana schnell, ohne Sanne anzusehen.

»Welche Brücke?«

»Na, die alte Eisenbahnbrücke. Über den Fluss.«

Anders nickt. Er fragt nicht, wieso da, aber das muss er auch nicht. Natürlich, weil sie da unter sich sind. Und man kann viel sehen. Den Fluss mit dem Strandstück und das ganze Umland. Cooler Platz. Aber nur im Sommer. Sonst pfeift der Wind viel zu mächtig da oben.

»Na dann«, sagt er und legt beide Hände auf die Armlehnen, um sich aufzurichten. »Cool. Ich muss jetzt mal.« Hoch ist er und weg.

»Warum hast du das denn gerade gesagt?«, fragt Sanne leise, als er zwischen den anderen Passanten verschwunden ist, viel zu schnell für Sannes Geschmack. Tuana runzelt die Stirn und kramt in ihrer Tasche herum.

»Wie, was denn?«

»Na, das gerade, das mit den Jungs.«

Tuana zuckt mit den Schultern, dann kneift sie die Augen zusammen. »He, guck mal, da ist Pickelgesicht! He, Pickelgesicht!«, ruft sie und winkt mit ihrer Tasche. »Pickelgesicht, soll ich dir ein Eis ausgeben, damit du noch mehr süüüße kleine Pickel kriegst?«

Die Leute, die um sie herum an den Tischen sitzen, blicken auf. »Mensch, bist du doof«, sagt Sanne, aber sie muss auch kichern, obwohl sie es gar nicht will. Kichernd sehen sie und Tuana Pascal hinterher, der mit hochrotem Kopf an der Eisdiele vorbeiläuft. Sein Rucksack wippt auf seinem gebeugten Rücken und von hinten kann man gut sehen, dass er X-Beine hat. Arme Socke, denkt Sanne, und dann muss sie auch darüber kichern. Tuana fällt dankbar erneut mit ein. Gemeinsames Kichern verbindet, und das können sie jetzt beide gut brauchen.

Aber ansehen können sie sich dabei nicht.

## Pascal

*Typisch Tuana. Was Sanne an der nun findet, das hab ich mich schon immer gefragt. Aber sie kann auch ganz nett sein, wenn keiner sie beobachtet. Letztes Jahr, direkt nach den Osterferien, da hat sie mir mal eine Schachtel Kippen geschenkt, einfach so. Da stand sie so hinter der Turnhalle rum, als ich gerade vorbeikam, und hat mich angelächelt und mir die Schachtel rübergeworfen. Mit einem Lächeln. Einem total netten Lächeln, nicht so einem Haifischlächeln wie da vor der Eisdiele. Gott, kann Tuana manchmal ekelhaft sein.*

*Sanne ist nie so, und dass sie so gekichert hat, war echt scheiße, aber egal. Sanne kann wahrscheinlich machen, was sie will, ich finde sie immer gut.*

*Wenn eine aus unserer Schule, dann Sanne. Das weiß ich seit dem Tag, an dem wir in der Siebten in unseren neuen Klassenraum gekommen sind. Ich hab sie nur von hinten gesehen, das war schon wow! Aber als sie sich umgedreht hat, war alles zu spät. Diese Augen! Nie, nie, nie werde ich mich trauen, sie anzusprechen. Niemals. Das weiß ich hundertfünfzigtausendprozentig. Niemals. Ist auch sinnlos. Sie steht ja auf so Typen wie Robert, der ja sowieso meint, dass sie für ihn gemacht ist und das bloß noch nicht weiß.*

*Ist ja vielleicht auch so. Muss ich mir keine Gedanken drum machen. Ich krieg sie sowieso nicht. Ich krieg höchstens Mal einen Blick ab. Und da kann ich dann nachts stundenlang mit zu tun haben.*

*Aber dass sie so gekichert hat, war echt übel. Wahrscheinlich hatte das mit Anders zu tun. Ich hab genau gesehen, wie er sie angeguckt hat und sie ihn. Was gut ist: Leute wie ich können sich unsichtbar machen. Das kann ich echt gut. Ich kann ganz lange irgendwo rumstehen und dann stößt mich irgendwann jemand an und sagt: »Huch? Ich hab dich gar nicht gesehen!« Ja, genau, ich kann mich unsichtbar machen. Unauffällig und unsichtbar.*

*Gibt nur eins, was an mir auffällig ist. Na, eins ist gut. Es sind hunderte. Hunderte eklig gelbe kleine Miniberge, die nach außen sprießen. Im Gesicht, auf dem Rücken, am Arsch, sogar auf der Brust! Und wenn einer weg ist, kommt der nächste gleich nach. Kann ich machen, was ich will. Hilft überhaupt nichts.*

*Pickellotion, Creme, austrocknen lassen, keine Pommes essen, keine Cola, nur Vollkorn, hab ich alles schon probiert. Sinnlos.*

*Das dauert so lange, wie es dauert. Irgendwann hab ich die Scheiße hinter mir, klar, wenn dieses Hormontheater vorbei ist. Aber dann hab ich wahrscheinlich lauter Narben und Krater im Gesicht, gratuliere.*

*Dann heiß ich auch nicht mehr Pickelgesicht, sondern Kraterfresse. Yeah.*

*Jedenfalls, ich hab es gerade so einigermaßen heil an der Eisdiele vorbeigeschafft (wenn man die glotzenden Spießbürger und die gaffenden Grundschüler und die starrenden Muttertiere mit ihren Gören jetzt mal außen vor lässt), den Blick stur nach unten geradeaus, Rücken so gerade, wie es geht, da stoße ich volle Kanne mit wem zusammen. Rumms! Weiß nicht, wo er herkam, aber da stand er auf einmal, mitten im Weg. Anders.*

*Ich also knalle voll gegen ihn, aber er federt zurück, also tat es gar nicht weh. Gab nur ein komisches Geräusch, so wie »Plopp«.*

*»Huch? Ich hab dich gar nicht gesehen!«, hab ich gesagt und musste grinsen über diesen blöden Spruch, den ich ja eigentlich immer nur von anderen zu hören kriege.*

*Aber Anders grinste nicht. Er sah mich irgendwie merkwürdig an, so wie ein Tier, das man sonst nur im Zoo sieht, durch dicke, mit Fingerabdrücken verschmierte Glasscheiben, und das jetzt auf einmal direkt vor einem steht, in Farbe und Originalgröße.*

*»Den Kopf so fünf, sechs Grad heben, das müsste dann reichen«, sagte er.*

*Ich: »Hä?«*

*Er lachte. »Mann, den Kopf ein bisschen heben, fünf, sechs Grad, dann donnerst du mit niemandem mehr zusammen!« Er blies sich eine lange Strähne aus dem Gesicht und steckte die Fäuste tief in die Taschen seiner Jeans. »Und Tuana«, sagte er, »die musst du gar nicht ernst nehmen. Eigentlich ist die ganz nett. Finde ich.«*

*»Finde ich aber nicht.«*

*»Nee?«, fragt er. »Wen denn?«*

*Ich schon wieder: »Hä?«*

*»Wen findest du denn gut?«*

*Und dann guckt er mich so an, und zwar richtig, genau mittig, genau in die Augen, so wie es selten jemand macht, und mir wird fast komisch dabei. Wieso guckt der so? Kann der nicht anders gucken? Was soll das? Was denkt der? PICKELGESICHT oder was?*

*»Niemanden«, sage ich. »Absolut niemanden. Definitiv.«*

*»Schade«, sagt Anders und lacht. »Ich dachte, du findest vielleicht mich gut. Oder dich selbst.«*

*Und dann war er schon weg. Und ich stand da wie Klein-Doofi und gaffte ihm nach. Komischer Typ, oder?*

*Aber irgendwie, irgendwie tatsächlich auch gut.*

## Kapitel 3

# SPORTSKANONEN

In der Halle riecht es, nach alten Matten, auf denen zu viele verschwitzte Körper gelegen haben, und nach muffigen Bällen, die durch zu viele verschwitzte Hände gegangen sind. Aber Pascal ist trotzdem gern dort. Das Training macht ihm Spaß, dann spürt er seinen Körper so richtig, seinen schlaksigen, ungelenken Körper, der ihm nicht gerade viel Freude macht.

Werfen und fangen kann er ganz gut, jedenfalls so einigermaßen. Zirkeltraining dagegen ist die Hölle, aber na ja.

Jedenfalls kann er sich beim Training tatsächlich manchmal richtig gut leiden.

Und vielleicht kriegt er ja auch noch ein paar mehr Muskeln davon, das könnte er brauchen.

»He, Pickelarsch, träumst du oder was?«

Pascal fährt herum. Robert lauert hinter ihm, sprungbereit, sein Mund ein einziges unfreundliches Grinsen. »Los, beweg dich, Pickelgesicht! Wirf schon! Du zuerst!« Er lässt seinen Ball wegkollern und hebt die Arme.

»Was denn?«

»Mann, Wurfübungen zu zweit, du Penner.« Ungeduldig

springt Robert von einem Fuß auf den anderen und klatscht in die Hände, bevor er die Arme wieder hebt. Er trägt neue Sportschuhe, richtige Handballschuhe natürlich wie immer. Adidas, alles Adidas, Schuhe, Hose, Shirt, sogar die Socken. War schon früher so, als sie noch in die Grundschule gingen, die Pestalozzi.

Pascal weiß auch nicht, was mit ihm los ist, aber auf einmal hat er die Nase voll. Er holt aus, presst den Ball einen Augenblick lang fest zwischen den Handflächen, dann wirft er. Mit Druck.

Der Ball schießt auf Robert zu, quer durch die Luft.

»Ej!« Robert kann sich gerade noch ducken. Hinter ihm prallt der Ball an die Wand, knallt zurück, knapp an Roberts Hinterkopf vorbei, direkt in Pascals Hände zurück.

Pascal zögert nicht eine Sekunde. Wieder wirft er, legt allen Druck in den Wurf. Diesmal ist Robert zwar gewappnet, aber dennoch nicht schnell genug. Der Ball flutscht ihm durch die Finger, knallt gegen die Sprossenwand, prallt ab, gegen Roberts Hinterteil.

Robert keucht erschrocken auf, dann fällt er.

Pascal hört Niklas lachen, nur kurz, aber deutlich vernehmbar. Während Robert wieder aufsteht, sammelt er den Ball wieder ein. Sein Gesicht ist eine Maske.

Pascal spannt den Kiefer an. Jetzt ist auch sein Gesicht eine Maske. Fühlt sich gar nicht so schlecht an.

Robert wirft ihm mit blitzenden Augen den Ball zu, viel zu hart, aber damit hat Pascal natürlich gerechnet.

Sein Gesicht ist eine Maske. Pickelfressenmaske.

Dann pfeift der Trainer ab. »Und tschüss! Bälle einsammeln nicht vergessen!«

Robert stützt keuchend die Hände auf die Knie. Dann blinzelt er zu Pascal auf. »Was hast du eigentlich mit dem Idioten da neben dir immer zu quatschen?«

»Hä?« Für einen Moment weiß Pascal überhaupt nicht, wen Robert meinen könnte, dann dämmert es ihm.

»Na, die Schwuchtel!«, sagt Robert wütend. »Die langhaarige blonde Schwuchtel neben dir.«

Pascal schluckt. »Anders? Wieso? Nichts hab ich mit dem zu quatschen.« Falsche Antwort, das wird ihm sofort klar. »Nichts, was dich angehen könnte.«

»Ach, wirste jetzt groß und frech?« Robert richtet sich auf und zieht sein Shirt aus dem Hosenbund. Warum nur wirkt er immerzu so bedrohlich?

Die anderen laufen lachend und diskutierend an ihnen vorbei. Einer schlägt Robert auf die Schulter. Justin bleibt stehen. Seine Augen gleiten von Robert zu Pascal und wieder zurück. Aber er sagt nichts.

Beim Umziehen spürt Pascal Roberts bohrenden Blick in seinem Rücken. Er verschwindet schnell in der Dusche, als Erster, aber als er rauskommt, steht Robert schon voll angezogen da. Und wartet.

Pascal dreht sich zur Wand, zieht sich das Handtuch über die Hüften. Atmet tief durch.

Im nächsten Moment wird ihm das Handtuch weggezogen. Rasch dreht er sich um, hält die Hände vor den Schritt.

Robert lacht. Hinter ihm streift Justin sich betont gelangweilt sein T-Shirt über. Die anderen sind alle immer noch in der Dusche. Oder schon weg.

»Was denn, biste schüchtern auf einmal?« Robert grinst.

»Nee. Gib mein Handtuch wieder, Mann!«

»Und wenn nicht?« Robert wickelt es sich ums Handgelenk. Einen Moment später schnellt seine Hand vor, aber Pascal hat es kommen sehen. Er springt zur Seite, gerade noch so eben kann er dem zischenden Handtuch ausweichen.

So hat sein Vater ihn früher oft geschlagen, mit einem nassen Handtuch. Bleiben weniger Spuren. Tut höllisch weh.

»Ej, was soll der Scheiß, gib her!« Er macht einen Haken, aber Robert ist schneller. Jetzt grinst er noch breiter.

Kai und Marco kommen aus der Dusche, fangen sofort an zu johlen. Pfiffe fliegen Pascal um die Ohren, dazwischen Roberts Grinsen, das zischende Handtuch. Er springt, nach rechts, nach links, kann ausweichen, jedes Mal weicht er aus. Robert lacht, aber sein Lachen ist sauer.

»Lass doch den Mist, Robert«, sagt Tim, der Torwart, kopfschüttelnd. »Kinderkacke, echt.«

Noch ein paar Pfiffe, Lachen.

Dann schmeißt Robert das Handtuch zu Boden. »Arme Sau, so ein kleiner Pimmel. Tust mir echt leid!«, sagt er und wendet sich ab.

Pascal klaubt das Handtuch vom Boden auf und dreht sich zur Wand, während er sich anzieht. Wenn er jetzt weiter wegsieht, kommt das nicht gut, das ist ihm klar. Deshalb dreht er sich schließlich wieder um, während er sein T-Shirt überzieht.

Robert geht gerade aus der Umkleide und Justin folgt ihm. Tim fängt Pascals Blick auf.

»Knalltüten«, sagt er, aber sein mitleidiges Lächeln macht es nicht besser. Mitleid ist immer Mist. Immer.

Obwohl, früher hätte er es vielleicht brauchen können.

Aber jetzt nicht mehr.

Jetzt könnte er was anderes brauchen.

Andere Leute.

Eine andere Schule.

Ein anderes Leben am besten.

### Justin
*Eigentlich weiß ich auch nicht, was Robert immer mit Pascal hat. Oder mit ein paar anderen Typen.*

Robert ist total cool drauf, aber manche Leute gehen ihm einfach gegen den Strich. Die kann er nicht ab.

Weicheier wie Pascal. Oder Klugscheißer wie Jakob aus unserer Parallelklasse. Oder Chefs vom Dienst wie Tim. Oder Leute, die einfach nerven. Gibt's ja einige von.

Also, Robert ist schon los und ich steh noch da und schließ mein Fahrrad auf, weil das verfickte Schloss schon wieder klemmt, zum Kotzen, echt. Robert hat natürlich ein richtiges Scott, Mountainbike, klar. Und ich so eine alte Schüssel von meiner Schwester, geerbt, bevor sie die Biege gemacht hat, mit ihrem Stecher nach Berlin. War kurz nachdem unser Alter abgehauen war, da war meine Mutter echt fertig mit der Welt. Erst der Alte, dann Kerrylin. »Willste auch los?«, hat sie mich damals gefragt, und ich hatte echt das Gefühl, am liebsten wär's ihr ja gewesen, dann hätte sie ihre Ruhe gehabt.

Tja, aber nun bin ich immer noch da, muss sie eben sehen, wie sie damit klarkommt. Wenigstens steh ich ihr nicht blöd im Weg rum wie Kerrylin. Mann, die konnte echt Löcher in die Luft starren, keine Ahnung, wie die das angestellt hat, sich diesen Typen zu angeln. Der sie dann auch noch mitnehmen wollte. Unglaublich. Mich hat sie auch nur genervt. »Justy, komm mal hier, mach doch mal dies, mach doch mal das ...«

Bin froh, dass sie weg ist.

Und unsere Mutter hätte sie auch gleich mitnehmen können, ehrlich.

Na, jedenfalls steh ich da rum, voll in der Sonne, und prokel wie ein Volltrottel an meinem Scheißschloss rum, und die anderen hauen alle der Reihe nach ab, Tim und Kai und Marco und alle, wie sie da sind, grinsen blöd, schieben noch einen Spruch, ich natürlich auch und haha, allesamt, und dann sind sie weg. Und dieses blöde Mistschloss geht immer noch nicht auf. Zum Kotzen!

*Und ich will gerade die Karre gegen die Wand donnern, da kommt Pickelgesicht raus, als Letzter. Sagt natürlich keinen Ton, als er an mir vorbeilatscht, natürlich nicht, ist auch besser so. Vollpfosten, das. Jedenfalls läuft der so an mir vorbei, mit seinem Weicheigang und den Hängeschultern, und glotzt auf den Boden, und wütend, wie ich bin, ruf ich ihm was hinterher, »Penner!« wahrscheinlich oder so ähnlich, keine Ahnung, weiß ich nicht mehr. Und dann guck ich runter aufs Schloss, letzter Versuch, beiß die Zähne zusammen, guck wieder hoch, da ist Pickelgesicht genau an der Ecke und glotzt immer noch auf den Boden, und da kommt ihm einer entgegen und die beiden knallen zusammen.*

*Krawosch! Bumm! Und Pickelgesicht hat's voll erwischt und er kachelt zu Boden, und na klar muss ich lachen. Im gleichen Moment geht das Schloss auf, echt cool, diese Nummer.*

*Und der andere Typ streckt die Hand aus und hilft Pickelgesicht hoch, und dann lachen die beiden, echt wahr, was? Die knallen zusammen und lachen!*

*Ej, wenn ich das gewesen wär, ja, dann hätte ich dem anderen eine gedonnert, das kannste mir glauben. Aber die beiden lachen!*

*Aber mir soll's ja egal sein, ich bin froh, dass mein Schloss auf ist. Schwing mich aufs Rad, das kracht wieder wie Oskar, ich brauch echt ein neues, und dann düs ich davon. Beim Fluppenshop dreh ich mich noch mal um, und die beiden stehen immer noch da und jetzt reden sie auch noch und lachen schon wieder.*

*Pickelgesicht, ja? Und der andere, das seh ich erst jetzt, der andere ist Anders.*

*Was die beiden zu quatschen haben, war mir ein Rätsel.*

*Aber irgendwie hat's auch gepasst. Schönling und Pickelgesicht.*

*Und ich weiß nicht warum, aber irgendwie hat's mich genervt, wie die standen und quatschten.*

*Keine Ahnung, warum. War aber so.*

Es ist immer noch sehr warm draußen, viel zu warm, um draußen auf der Terrasse sitzen zu bleiben, findet Sanne. Und ihre Eltern sind offenbar auch froh, mal ein wenig Zeit für sich zu haben. Sannes kleine Schwester schläft schon und ihr Vater hat sich und ihrer Mutter ein zweites Glas Wein eingeschenkt, als Sanne sich zurückzieht.

Sanne selbst ist auch froh, dass sie die Tür hinter sich zumachen kann. Ihr ist wirklich warm, aber das liegt nicht an der Sommerhitze. Ihr ist sowieso warm in letzter Zeit. Vor allem, wenn sie an Anders denkt.

Dessen hellblauer Blick quer durchs Klassenzimmer sie immer wieder streift in den letzten Tagen. Manchmal lächelt er dann und Sanne lächelt zurück. Aber nicht immer. Gelegentlich braucht sie ein paar Sekunden, um zu reagieren, und dann sind Anders' schöne Augen schon weitergewandert, über die Bänke, die Mitschüler, zur Tafel, zum Fenster, meistens zum Fenster, wie gut, dass er dort sitzt, direkt am Fenster, das passt zu ihm, passt zu seinem Blick, seinem Blick in die Ferne.

Tuana ist natürlich noch online, Thao auch, und Niklas und Justin, aber die sind ja nun uninteressant.

*Na schnucki was geht heißen abend gehabt oder was?*

Sanne muss lächeln, typisch Tuana, die weiß doch genau, dass Sanne zu Hause rumhängt, genau wie sie selbst.

*Klar, und wie! So heiß, dass meine Klamotten geschmolzen sind. Muss mir morgen was Neues kaufen*

*komm ich mit. wo denn?*

*Humana,* tippt Sanne und checkt schnell, wer sonst noch so online ist. 186 Freunde hat sie, aber im Chat hat sie nur ein paar angezeigt. Überhaupt ist ihr das alles eigentlich langsam zu blöd, immer dieses Gewusel, ständig tippen, tippen. All die Zeit, die sie schon mit Tuana gechattet hat, da hätten sie so viel unternehmen können. Bestimmt zwei Wochen Urlaub machen oder so. Tja.

Aber irgendwie glaubt Sanne, dass das irgendwann auch anders sein wird. Das hier ist so eine Zeit, die man überstehen muss, 15, 16, 17, danach wird alles anders. Da ist man frei, kann raus, kann machen, was man will, abhauen, weg. Aber jetzt muss sie eben noch hier rumsitzen und chatten, während ihre Eltern auf der Terrasse Wein schlürfen und sich vielsagend anschweigen.

*und was geht sonst noch?*, fragt Tuana.

*Was wohl? Nixxxxx.*

Sanne lehnt sich zurück, lässt den Blick durchs Zimmer gleiten. Sie ist müde und doch wieder nicht.

Pling.

*ist anders gar nicht bei facebook unterwegs? der heißt doch Jaspersen oder*

Sanne starrt einen Moment lang verdutzt auf den Bildschirm. Kann Tuana jetzt Gedanken lesen? Sie beugt sich vor und gibt Anders' Namen in die Suchmaske ein. Kein Treffer.

*keine Ahnung*, tippt sie.

*bei schüler-vz auch nicht was ist das denn wo lebt der denn*

Also hat Tuana auch schon nach ihm gesucht. Sanne merkt, wie ihr ein leichter Ärger in den Bauch kriecht. Und gleich danach ein kaltes Gefühl. *Biste da traurig oder was? Kannst ihn ja nach seinem nickname fragen*

*frag du doch.* Die Antwort kommt ein paar Sekunden zu spät, daran merkt Sanne, dass Tuana ein bisschen eingeschnappt ist. Komisch, dass das auch übers Netz funktioniert – zu spüren, wie der andere drauf ist. Aber leider klappt das nur manchmal.

*hast du schon die fotos gesehen, die Azad eingestellt hat?*, schickt Tuana hinterher. *total daneben, der typ.*

*Sowieso.*

»Sanne?« Sanne zuckt zusammen und schwenkt herum. Ihre Mutter steht in der Tür. Da bleibt sie fast immer stehen, nur ganz selten kommt sie näher, um zu sehen, was sie da eigentlich macht. Sannes Vater ist da anders, ihm entgeht fast nie, was Sanne gerade auf dem Schirm hat, und er fragt auch immer nach. Aber ihre Mutter nicht. Auch jetzt bleibt sie im Türrahmen stehen und lächelt Sanne an. »Alles in Ordnung? Willst du nicht bald mal schlafen gehen?«

»Ja, gleich.« Sanne dreht sich so, dass ihre Mutter nicht auf den Bildschirm sehen kann. Obwohl da ja nichts Verräterisches drauf zu sehen ist. Aber dennoch. »Und ihr, geht ihr auch ins Bett oder was?«

Sannes Mutter nickt. »Gleich«, sagt sie. »Vati will noch einen Wein trinken, aber dann.«

»Na dann gute Nacht«, sagt Sanne. Ihre Mutter lächelt, dann macht sie eine Bewegung, als würde sie zu Sanne herüberkommen wollen, aber schließlich nickt sie nur und zieht die Tür hinter sich zu.

Schade eigentlich. Sanne weiß gar nicht mehr, wann das aufgehört hat, dass ihre Mutter sie abends noch mal umarmt hat. Oder sie ihre Mutter.

*und wie! voll behämmert der Azad aber süß sieht er ja aus mal warten, bis der groß ist,* hat Tuana geschrieben.

*Geh jetzt schlafen. Bis morgen!* Sanne stellt sich offline. Einen Moment zögert sie, dann gibt sie Anders' Namen erneut in die Suchmaske ein.

**Sanne**
*Er war einfach nirgendwo zu finden. Das hatte ich natürlich schon längst gemerkt – seit jenem Nachmittag in der Eisdiele hatte ich jeden Tag nachgesehen. Sein Name tauchte einfach nirgendwo auf. Ich hab ihn gegoogelt, aber kein Anders Jaspersen weit und breit. Es gab zwar ein paar Anders Jespersen in Dänemark, aber keinen Anders Jaspersen. Und Fotos gab's dann natürlich auch keine von ihm. Das fand ich ziemlich schade. Ich hätte ihn mir einfach gern angesehen, mal so zwischendurch oder abends, vorm Schlafengehen. Besonders vor den Wochenenden, wenn ich wusste, dass jetzt zwei ganze Tage vergehen würden, bevor ich ihn wiedersah.*

*Aber entweder benutzte er ein Pseudonym oder er war tatsächlich nirgendwo im Netz unterwegs.*

*Und das fand ich dann irgendwie auch wieder richtig gut.*

...........................................

Die Stadt ist nicht groß, eher klein. Drei Grundschulen gibt es, eine Förderschule, die Gesamtschule mit gymnasialer Oberstufe, und dann ein Kino und die Fußgängerzone und einen Park und den Fluss eben, der sich in seinem teilbetonierten Bett aus der Innenstadt hinausschlängelt, ein paar Straßenzüge in Richtung Osten umkringelt, den Jugendtreff hinter sich lässt und dann unter der alten Eisenbahnbrücke hindurch in die flache Ackerlandschaft jenseits der Stadt mündet.

Früher gab es auch mal einen Bahnhof in der Stadt, aber da ist jetzt eine Videothek drin. Die Bahnstrecke ist schon lange stillgelegt; als die Cirrus sich hier niederließ, gab es noch mal einen Versuch, sie wieder in Gang zu bringen, aber der ist gescheitert.

Jetzt muss man immer nach Finkenberge, wenn man mit der Bahn irgendwohin will. Das sind acht Kilometer.

Und die Bahnbrücke rostet seitdem vor sich hin. Dabei ist sie sehr schön, mit ihren altertümlich anmutenden Verzierungen. Man kann gut dort oben sitzen und weit sehen. Und im Sommer direkt in den Fluss springen. Wenn man sich traut.

»Und, bist du schon mal?« Anders beugt sich über das Geländer und betrachtet den träge dahinströmenden Fluss unter ihnen. Am Ufer, auf der steinigen Böschung, sitzen ein paar Enten, die Köpfe zwischen die Flügel gesteckt.

»Noch nicht, nee.« Pascal lehnt sich neben ihn. Sie sind zusammen hergelaufen, beide tragen Jogginghosen und Laufschuhe. Aber Pascal hat schon nach zweihundert Metern gemerkt, dass er mit Anders' lässigem Laufstil nicht ganz mithalten kann. Anders läuft leichtfüßig und locker, er scheint sich kaum anstrengen zu müssen, ganz im Gegensatz zu Pascal.

»Warum nicht? Ist doch nicht hoch.« Anders spuckt ins Wasser, eine kleine Schaumwolke, die einmal in den Wellen herumwirbelt und sofort weggetragen wird. »Höchstens sechs, sieben Meter, oder?«

»Weiß nicht. Ich trau dem Ganzen irgendwie nicht. Ziemlich schmal der Fluss hier an der Stelle. Und ob der tief genug ist ...«

Anders hebt den Kopf und betrachtet Pascal. Seine Augen sind hell, sehr hell. Er steht sehr nah an Pascal, so nah ist Pascal eigentlich kaum je irgendwem. Er kann sogar den hellen Flaum auf Anders' Wangen sehen. Eigenartig.

»Springen hier denn andere ins Wasser?«

Pascal zuckt mit den Schultern. »Sicher. Justin und Azad auf jeden Fall. Und Robert auch, klar.«

Anders lacht auf. »Nette Truppe, die du da aufzählst.«

»Na ja, geht so. Eigentlich kann ich mit keinem von denen besonders gut.«

Anders fährt sich mit einer Hand über den Nacken, dann

richtet er den Blick wieder nach unten, auf den träge dahinströmenden Fluss. »Und mit wem kannst du gut?«

Pascal zuckt mit den Schultern. Er weiß nicht so genau, was er antworten soll. Ist schon irgendwie peinlich, mit niemandem so richtig zu können.

Anders beugt sich weiter vor. »He, guck mal, ist das nicht Tuana?«

Pascal lehnt sich neben ihn. Unten, am Ufer, sind ein paar Leute aufgetaucht, zwei Typen und ein Mädchen, das tatsächlich aussieht wie Tuana.

Aber als das Mädchen sich das T-Shirt über den Kopf streift und, nur noch mit einem grünen Bikini bekleidet, kreischend zum Flussufer springt, da sieht er, dass es Tuana nur ähnlich sieht. Er hat es noch nie gesehen, aber die beiden Typen hinter ihr sehr wohl. »Wenn man vom Teufel spricht«, sagt er und spuckt in die Fluten hinunter.

Anders lacht. »Sind das Justin und Azad?«

Pascal und er sehen zu, wie Justin hinter dem Mädchen her ins Wasser springt und ein lautes Affengeheul ausstößt, gefolgt von schallendem Gelächter. Er greift nach dem Mädchen, aber sie weicht ihm kreischend aus und schwimmt mit hektischen Zügen zur Flussmitte. Azad am Ufer streckt sich und kratzt sich ausgiebig unter einem Arm, während er den Blick über den Fluss gleiten lässt.

Pascal kann nicht genau sagen, warum, aber vor Azad hat er am meisten Angst, wenn er ehrlich ist. Robert und Justin und Niklas sind ihm nur unangenehm, Robert noch ein bisschen mehr als die anderen beiden. Aber Azad hat etwas Unberechenbares an sich, von dem Pascal glaubt, dass nur er es erkennt. Vielleicht, weil es auf ihn gerichtet ist. Azad ist ihm unheimlich. Aber vielleicht liegt das auch nur an seinen Augen.

»Komm, wir hauen wieder ab«, sagt Pascal und stößt sich vom Geländer ab. Er hat keine Lust, dass die beiden ihn und Anders entdecken; er ist immer froh, keinem von denen über den Weg zu laufen.

Aber er ist froh, sich mit Anders verabredet zu haben, denkt er, als Anders wortlos losläuft, wieder in seinem lockeren Trab, mit dem Pascal nur so schwer Schritt halten kann. Anders ist zwar irgendwie merkwürdig, schwer einzuschätzen für Pascal, aber total in Ordnung. Pascal weiß, dass ihm von Anders keine Gefahr droht.

Schweigend laufen sie nebeneinanderher, nur ihr leises Keuchen ist in der sich immer mehr aufheizenden Sommerluft zu hören. Erst als sie die ersten Häuser passieren und gemächlich nebeneinanderher trabend Richtung Innenstadt laufen, dreht Anders Pascal den Kopf zu. »He, nächstes Mal probiere ich es mal«, sagt er lächelnd und seine Augen blitzen.

»Was?«, fragt Pascal, aber eigentlich weiß er die Antwort schon und er muss grinsen. »Okay, wetten, du traust dich nicht?«

Anders hebt die Hände und springt auf den Bordstein hinauf. »Ich wette nie!«, sagt er und macht einen Satz über einen am Boden liegenden Ast hinweg. »Nie! Wetten sind scheiße. Entweder macht man die Sachen oder eben nicht, basta! Und wenn ich was will, dann mach ich das auch.«

»Immer?«, fragt Pascal grinsend und verlangsamt das Tempo, als sie auf die Ampel vor der Fußgängerzone zulaufen, vor der ein paar Passanten warten.

Anders nimmt die Arme herunter. »Ja«, sagt er. »Immer.«

In diesem Moment ruft jemand Anders' Namen und Anders dreht sich um. Eine junge Frau auf einem Rad kommt winkend auf sie zugefahren und Anders' Gesicht hellt sich auf. »Meine

Schwester«, sagt er, aber das hätte er gar nicht erklären müssen, denn die Ähnlichkeit zwischen ihm und der jungen Frau ist unverkennbar. Beide haben sie helle Haut, blonde Haare und diese sehr blauen Augen, und aus den scharf geschnittenen Gesichtszügen ist ihre Verwandtschaft unverkennbar abzulesen.

Anders' Schwester hält am Bordstein an und lächelt erst Anders an und dann Pascal. »Na, ihr Sportskanonen?«

»Wo kommst du denn her?«, fragt Anders, jetzt keucht er doch ein wenig, findet Pascal. Auch nicht schlecht, da ist er dann nicht der Einzige.

»Vom Friseur.« Anders' Schwester bläst sich eine lange blonde Strähne aus der Stirn. Pascal fragt sich, wie alt sie wohl ist – zwei, drei Jahre älter als er bestimmt. Plötzlich wird ihm bewusst, wie verschwitzt er aussehen muss, und unauffällig versucht er, an sich hinunterzusehen. Keine Chance, auf seiner Brust und unter den Armen prangen riesige Schweißflecken. Na ja, ist eben so, wenn man im Sommer joggen geht.

»Ich fahr jetzt nach Hause«, sagt Anders' Schwester zu ihrem Bruder. »Willst du hintendrauf?«

Anders tippt sich an die Stirn. »Quatsch, ich laufe natürlich!« Er hebt die Hand zum Gruß. »Ciao, bis Montag!«

»Klar, bis Montag dann«, sagt Pascal. Anders' Schwester nickt ihm zu, dann fährt sie los, und Pascal sieht ihr und Anders noch einen Moment nach, bevor er sich losreißt und selber losläuft.

Niedlich sieht sie aus, Anders' Schwester, jawohl. Schade, dass sie schon so alt ist.

Nicht für Pascal. Aber ältere Mädchen sehen jüngere Jungs ja sowieso nicht.

Und Pickelgesichter schon gar nicht.

### Signe

*Er sah richtig fröhlich aus, Anders, als ich ihn da in der Stadt traf, da, beim ersten Mal, als er mit Pascal zum Joggen verabredet war. Gut gelaunt, und ich hab mich sehr gefreut für ihn, dass er nicht allein unterwegs war.*

*Ich hab mich so für ihn gefreut, dass ich mir seinen Kumpel gar nicht so richtig angesehen habe, aber das habe ich dann ja später nachgeholt.*

*An diesem Samstagvormittag war ich einfach nur froh, dass er Anschluss gefunden hatte. Ich meine, früher kam er mit allen klar, hatte lauter Freunde und Freundinnen, schon als ganz kleines Kind im Kindergarten. Anders war eigentlich immer total beliebt, immer eingeladen zu Geburtstagen, und ganz oft hatte er auch Schlafbesuch. Aber dann, später, da wurde das eben schwierig, als Anders sich dann so veränderte.*

*Und dann sind wir schließlich ja umgezogen, als es immer schwieriger wurde.*

*Und deshalb war ich wirklich heilfroh, dass er sich mit jemandem aus seiner Klasse angefreundet zu haben schien. Ich versuchte ihn dann auch ein bisschen auszufragen über Pascal, als wir so nach Hause fuhren, das heißt, ich fuhr und er lief neben mir her. Aber so richtig erzählte er mir nichts, nur so ein bisschen. Das war eben der neue Anders.*

*»Das war Pascal«, sagte er, »neben dem sitz ich, der ist okay.« Aber sonst nichts. Er lief einfach neben mir her und lächelte zufrieden vor sich hin, so wie früher, wie der kleine Sonnenschein, der er früher einfach immer war, nur dass er jetzt eben in einem anderen Körper steckte. Angefasst werden wollte er schon lange nicht mehr, dabei weiß ich noch genau, wie süß das immer war, seine weichen Wangen und seine dicklichen Arme, als er noch ganz klein war, wenn die sich so um meinen Hals schlangen. Ich meine, ich bin nur knapp vier Jahre älter als er, aber für mich war Anders immer sehr, sehr viel jünger.*

*Oder vielleicht bin ich einfach sehr viel älter, vielleicht war ich das schon immer? Viel älter, als ich eigentlich bin?*

*Wir waren fast genauso schnell unterwegs, wie wir gewesen wären, wenn ich Anders hinten draufgenommen hätte, und kurz vor unserem Haus kam uns ein Junge entgegen, der Anders anstarrte, mit diesem typischen, taxierenden, abschätzigen Blick, den ich so oft gesehen habe und an den ich mich einfach nicht gewöhnen konnte.*

*»Gottchen, hat der komisch geguckt. Kennst du den?«, fragte ich, aber Anders zuckte nur mit den Schultern.*

*»Ach, der geht auf unsere Schule«, sagte er und balancierte die letzten Meter bis zu unserem Haus auf dem Bordstein, »die gucken doch alle komisch hier.« Und dann lachte er vergnügt und stieß die Pforte zum Gartentor auf und verbeugte sich mit einem Grinsen vor mir.*

*Und da hatte er recht. Das fand ich auch. Und sowieso: Anders wurde oft angestarrt. Er war einfach besonders. Zu besonders vielleicht.*

## Kapitel 4

# FREUNDEFINDER

Immer noch ist es heiß, der Sommer dauert dieses Jahr ewig, bis in den September hinein. Die Hitze ist drückend, immer mehr Bäume werfen ihre vergilbten Blätter ab, die Luft steht zwischen den Gebäuden wie hineingebacken. Das Atmen fällt schwer und manchmal hat Pascal das Gefühl, dass ihm die Haut langsam austrocknet. Aber nur die Haut, nicht die Pickel. Die bleiben und wachsen.

Und noch etwas wächst: die schlechte Stimmung in der Klasse. Schon seit Wochen scheint etwas zwischen den Schülern zu schwelen, eine neue Gereiztheit, ein mürrisches Miteinander, das in gegenseitigen Frotzeleien und Sticheleien Ausdruck findet. Früher waren sie eine Einheit, mit einigen Randfiguren, die sich dennoch einfügen konnten, mitgenommen wurden. Aber seit einer Weile ist etwas anders geworden, schon seit dem Ende der Sommerferien ist es zu spüren: Einige sondern sich ab, andere wenden sich anderen Gruppierungen zu, die Interessen verlaufen sich, der Klassenhalt fällt auseinander, die Fronten verhärten sich.

Vor allem Robert, den Klassensprecher, scheint das zu ärgern.

Früher hat er, der Wortführer, die anderen kraft seiner Ausstrahlung zusammengehalten, jetzt ragt er als düsterer Findling aus einer zerfallenden Gruppe bröckelnder Steine hervor. Manchmal brütet er dumpf über seinen Gedanken, aber sein Blick ist stets unruhig. Auf der Suche.

Auf der Suche nach Ärger, glaubt Pascal, der nicht gerade froh darüber ist, auf einer Höhe mit ihm zu sitzen. Niklas und Azad neben sich zu haben wie vorher, das war schon nicht besonders angenehm, aber Robert ist tatsächlich noch übler. Sein Blick fährt ständig zu Anders, aber Pascal sitzt nun mal dazwischen, wie ein menschlicher Schutzschild. Allerdings bringt er es auch nicht fertig, Anders zu bitten, mit ihm zu tauschen. Was soll er auch sagen: dass er sich vor Roberts brütenden Blicken fürchtet? Die eigentlich Anders gelten, so ist es doch, oder?

Noch etwas ist anders geworden: Der Geräuschpegel in der Klasse hat zugenommen. Es war schon immer laut, viel zu laut für Pascals Geschmack, der ja noch nicht mal auf laute Musik steht, aber jetzt ist es noch eine Nuance lauter geworden. Alle reden ständig durcheinander, lachen, tuscheln, kaum ein Lehrer vermag sich dauerhaft Gehör zu verschaffen. Außer Ethik-Schrader, und das ganz ohne Brüllen.

»Freundschaft«, sagt er und verschränkt die Arme vor der Brust, während er den Blick durch die Klasse gleiten lässt. »Ein hohes Gut, was? Ich habe hier …« – er nickt zu dem Stapel Hefte hinunter, der vor ihm auf dem Pult liegt –, »ich habe hier 31 Aufsätze liegen mit den unterschiedlichsten Ansichten über Freundschaft, die ich je gehört habe. Und wollte ich die zwei gegensätzlichsten heraussuchen, so müsste ich nicht lange suchen. Ich wette aber, dazu muss ich kein Heft heranziehen. Sie zeigen sich gewiss gleich von selbst. Also?«

»Hä?«, macht Niklas, und Pascal muss fast grinsen. Niklas, meine Güte! Arme Socke, der braucht immer ein Weilchen, um die Lage zu peilen. Andere aber nicht.

»Und wie lautet die Frage?« Robert hebt die Brauen.

Ethik-Schrader lächelt sanft. »Stell du sie doch selbst, Robert.«

Robert zuckt mit den Schultern. »Vielleicht: Wie hieß der erste Freund deiner Mudda?«

Die anderen lachen, aber nur verhalten. Bei Ethik-Schrader muss man aufpassen, dessen Laune kann sehr plötzlich umschlagen.

Jetzt allerdings sieht er immer noch ziemlich gelassen drein, als er auf den Stapel Hefte tippt. »Was ist Freundschaft? Hier stehen 31 Ansichten. Robert, deine bitte in drei Sätzen zusammengefasst.«

Robert stöhnt angenervt auf. »Mensch, wie soll ich denn jetzt noch wissen, was ich vor zwei Wochen oder so geschrieben hab?«

Jetzt lacht niemand mehr. Ethik-Schrader betrachtet Robert nachdenklich und Robert erwidert seinen Blick ungerührt. Plötzlich ist Pascal abgelenkt; da ist ein Schatten am Fenster in seinem Blickfeld – eine Amsel, die auf dem Fensterbrett gelandet ist. Sie spreizt ihre Flügel, faltet sie wieder zusammen und streckt den Schnabel in die Luft. Dann schmettert sie eine kurze Melodie und hebt wieder ab.

Vorn an seinem Pult hat Ethik-Schrader sich vorgebeugt. »Wir leben von Erinnerungen, lieber Robert«, sagt er. »Ohne sie sind wir nichts. Und jetzt bitte ...«, er nimmt die obersten zwei Hefte vom Stapel, »Robert und ... Anders. Bitte sehr, die Herren!«

Robert schnaubt verächtlich, als er sich aus der Bank stemmt und nach vorn geht, um sein Heft zu holen. Beim Umdrehen stößt er unsanft gegen Anders, der ebenfalls nach vorne gekommen ist. Anders verzieht kurz das Gesicht, aber er sagt nichts.

»Kannst du nicht aufpassen? Mann, echt!« Robert schüttelt den Kopf und pflanzt sich wieder auf seinen Stuhl, während er sein Heft vor sich auf den Tisch wirft. Er schlägt es nicht auf. Anders schon. Pascal beobachtet verstohlen, wie er sich wieder setzt, kurz Ethik-Schraders Kommentar überfliegt und nickt, bevor er sich zurücklehnt. Sein Haar fällt ihm in die Stirn, sein Blick darunter ist klar. Pascal hat keine Ahnung, was Anders denkt, wie er fühlt. Er ist ihm fremd und nah zugleich, seltsam. Vielleicht liegt das einfach nur daran, dass er Anders mag, denkt er, und im selben Moment dreht Anders den Kopf und sieht ihm direkt in die Augen.

»Anders, bitte«, sagt Ethik-Schrader auffordernd. Anders sieht zu ihm nach vorn.

»Freundschaft bedeutet für mich Zuneigung und Respekt«, sagt er und klingt ein wenig unsicher, aber in den nächsten Worten legt sich das. »Dass man sich vertraut. Dass man füreinander einsteht und sich beisteht, aber in absoluter Freiwilligkeit. Dass man keine Erwartungen oder Forderungen aneinander stellt. Und dass man Dinge für den anderen macht, ohne etwas dafür zurückhaben zu wollen.«

Pascal hört, wie Tarik und Lotta miteinander tuscheln, er hört, wie Azad grunzt, und dann hört er Robert schnauben.

»Freiwillig!«, sagt er höhnisch. »Ja, klar. Alles freiwillig, sicher!«

Anders nickt gelassen. »Ja«, sagt er, »freiwillig.«

»Seh ich anders, Mann. Freundschaft heißt, dass einer für den anderen einsteht. Auch, wenn sein Kumpel echt Mist gebaut hat. Egal, was passiert.«

»Eben nicht.« Anders schüttelt den Kopf.

»Ach nee? Nur mal so bei Lust und Laune, was? Einfach umdrehen und weggucken und den anderen hängen lassen, wie?« Roberts Tonfall wird schärfer.

»Wovon redest du eigentlich?«, fragt Anders.

Robert starrt ihn wütend an und macht den Mund auf, aber Ethik-Schrader klopft schon aufs Pult. »Wir wollen mal eins klarstellen: Die Definition von Freundschaft bei eurem ja so geliebten Internetportal Wikipedia lautet: ›Freundschaft bezeichnet eine positive Beziehung und Empfindung zwischen Menschen, die sich als Sympathie und Vertrauen zwischen ihnen zeigt.‹ Also, noch Fragen?«

»Ja, allerdings«, sagt Robert und richtet sich auf, um Anders besser fixieren zu können. »Wo steht hier irgendwas von Freiwilligkeit?«

Anders starrt zurück. »Und seit wann ist das, was in Wikipedia steht, Gesetz?«

Jetzt meldet sich Azad zu Wort. »Musst du aber anerkennen, Wikipedia ist doch das Superlexikon. Was da drinsteht, gilt, weil es alle denken.«

»Und wenn ich anders denke?«, fragt Anders sehr ruhig zurück.

Robert schnaubt erneut. »Denk doch, was du willst, das interessiert doch gar nicht!«

»Für mich heißt Freundschaft, den anderen so lassen zu können, wie er ist«, sagt Anders und lehnt sich leicht zurück, mit verschränkten Armen, ein Lächeln auf den Lippen. Sogar Pascal findet seine Haltung ein bisschen provozierend, aber andererseits – warum nicht? Warum soll man sich verdammt noch mal ständig von Robert einschüchtern lassen? Robert, der jetzt wutentbrannt dasitzt, einen kalten Blick in den Augen, den Mund zu einem schmalen Strich verzerrt.

Einen Moment herrscht gespanntes Schweigen, dann räuspert sich Ethik-Schrader, der das Wortgefecht mit entspannter Miene beobachtet hat. »Möchte einer von den anderen etwas dazu sagen?«

Alle schweigen. Pascal hat den Eindruck, als hielte die gesamte Klasse die Luft an. Eine nervöse Spannung liegt in der Luft. Anders und Robert sehen sich an, über Pascal hinweg, der sich zwischen ihnen zusammengeduckt hat. Die Luft zwischen ihnen scheint fast zu vibrieren, ein Strom fließt, knisternd, gefährlich.

Warum, fragt sich Pascal, warum duckt er sich eigentlich? Was kann ihm denn schon passieren? Warum ist er so feige?

Eins aber ist ihm klar: Er persönlich hat keinen Freund. Aber er wüsste, wen er sich dazu aussuchen würde.

Hundertprozentig freiwillig übrigens.

..............................................................

**Justin**

*Ich hab dann später noch mal nachgeguckt, irgendwie hat mich das Thema nicht losgelassen. Weiß der Geier, warum Robert da so drauf abgegangen ist, aber wahrscheinlich wäre er auf alles abgegangen, was Anders so von sich gegeben hätte. Jedenfalls, bei Wikipedia stand tatsächlich das, was Ethik-Schrader erzählt hat. Und woanders standen auch ähnliche Sachen.*

*Hatte ich mir noch nie groß Gedanken drum gemacht. Ich mein, Freundschaft ist Freundschaft, entweder kann man jemanden gut ab oder eben nicht. Wobei, manchmal weiß ich das auch irgendwie gar nicht. Zum Beispiel, ob ich Robert gut abkann. Also, meistens schon, aber manchmal eben auch nicht. Wenn er so total scheiße drauf ist, weil man nicht macht, was er will. Ist ein megamäßiger Chef, der Robert. Voll der General. Hat er bestimmt von seinem Alten.*

*Mir ist das eigentlich scheißegal, soll er halt der Chef sein, wenn er meint, er muss. Manchmal auch nicht, dann nervt mich das gewaltig, dann hau ich ab.*

*Eigentlich kann ich ihn gut ab, aber manchmal auch nicht. Heißt das, dass wir deshalb keine Freunde sind? Oder doch?*

*Und mag ich Niklas?*

*Irgendwie ist das einfach so gekommen, dass wir Kumpels sind. Ich kenn die Jungs halt und sie mich, und dann hängt man eben zusammen ab und gut ist.*

*Bin ich auch froh drum. Alles okay so.*

*Aber wenn ich es mir komplett neu aussuchen müsste?*

*Ist doch scheiße, das Thema. Echt.*

..........................................

»Bis Sonntag! Ich hol dich dann um zwei ab!« Tuana winkt noch mal und tritt dann in die Pedale, bevor sie um die Ecke verschwindet. Sanne rückt ihre Tasche zurecht, für einen Moment steht sie unschlüssig da. Die Sonne brennt in ihren Nacken, schon wieder ist ihr heiß, eigentlich immer in den letzten Wochen. Im Grunde, seit die Sommerferien vorbei sind. Sanne hat das Gefühl, dass der Sommer erst mit Beginn des ersten Schultages begonnen hat, eigentlich gemein. Die ganzen Ferien über war das Wetter lau, nur ab und zu mal so richtig heiß, baden ging kaum, so viele verlorene Nachmittage, die Sanne im Haus verbracht hat, vor dem Bildschirm.

»Küsschen, Püppi! Schönes Wochenende!« Azad läuft an Sanne vorbei und wirft ihr einen Kussmund zu, begleitet von laut schmatzenden Geräuschen. Niklas an seiner Seite lacht; aber als er Sannes Blick sieht, verstummt er sofort und sieht weg. Sanne sieht den beiden Jungs hinterher, plötzlich muss sie an früher denken, an die Zeit in der Grundschule. Niklas war damals in ihrer Gruppe und sie hat eigentlich ziemlich oft mit ihm gespielt. Richtig befreundet waren sie damals, haben sich gegenseitig besucht und sogar ein paar Mal beim andern übernachtet.

Komisch, das kann sie sich heute gar nicht mehr vorstellen. Die Dinge verändern sich so unglaublich schnell, findet sie. Manchmal hat sie das Gefühl, schon hundert Jahre alt zu sein.

Gerade als sie auf ihr Rad steigen will, quietschen neben ihr Bremsen. Anders. Sanne wird noch heißer.

»Hi!«, sagt er nur und sieht sie an.

»Hi!« Sie nickt. Als er nichts sagt, zwingt sie sich ein Lächeln ab. »Haben wir uns heute nicht schon mal begrüßt?«

Er lächelt, dann rutscht er vom Sattel. »Gibt's hier eigentlich irgendwo einen Handyshop?«

»Na klar, jede Menge!«

»Zeigst du mir einen?«

Sanne zuckt mit den Schultern. »Sicher. Gleich da vorne ist einer. Was brauchst du denn?«

»Ladekabel«, sagt Anders und schiebt sein Rad neben ihrem her. Um sie herum laufen ein paar Nachzügler vorbei, die Schule ist jetzt für diese Woche für alle zu Ende, auch für die Fünftklässler, die johlend an ihnen vorbeihüpfen. Gott, sind die klein! Schon wieder hat Sanne kurz das Gefühl, hundert Jahre alt zu sein.

Aber es verschwindet sofort wieder, als sie einen Blick zu Anders hinüberwirft, der lässig neben ihr hertrottet, eine Hand am Lenker, die andere in der Hosentasche.

Jung sieht er aus. Die meisten Neuntklässler wirken älter als er, vor allem Robert und Azad, das sind schon richtige Männer, mit kräftigem Körperbau und tiefer Stimme. Aber Anders ...

»Wie alt bist du eigentlich?«, rutscht es ihr heraus und Anders wendet den Kopf und sieht sie an. Sanne hat den Eindruck, dass er bis in ihren Kopf hineinschauen kann, dass er genau sehen kann, was sie gerade gedacht hat.

»Alt genug für alles, was du auch immer jetzt denken magst«, sagt er und lächelt, als sie errötet. In der Sonne sieht man das wahrscheinlich auch besonders deutlich.

Aber noch gibt sie sich nicht geschlagen. »Bist du schon fünfzehn?«

Anders lächelt noch breiter, dann nickt er. »Soll ich dir ein Geheimnis verraten? Ich bin sogar schon sechzehn.«

»Echt?«

Er hebt zwei Finger zum Schwur, dann legt er die Hand über die Augen und sieht zur Kreuzung hinüber. »Bei uns in der Familie sehen sie alle jung aus«, sagt er. »Und wo ist jetzt der Laden?«

Sanne zeigt ihm die Richtung und gemeinsam laufen sie den Gehsteig hinunter und biegen in die kleine Seitenstraße ein, die mit ein paar Schlenkern zum Marktplatz führt. »Übrigens, das, was du gesagt hattest, fand ich auch. Also das mit der Freundschaft.«

»Ach ja?«

»Ja«, sagt Sanne. »Aber das ist gar nicht so einfach, finde ich. Also, mit dem Lassen. Dass man den anderen so lassen soll, wie er ist. Die meisten Leute können doch genau das nicht!«

Anders sieht sie kurz von der Seite an, seine Augen wirken auf einmal sehr dunkel. »Da hast du recht«, sagt er. »Die allermeisten Leute sogar. Kannst du es denn?«

Sanne zieht die Brauen hoch, sie merkt, wie es ihr unbehaglich wird. Kann sie das denn wirklich? Tuana zum Beispiel, kann Sanne sie lassen, wie sie ist? Mit all ihren Macken und Nervigkeiten?

Oder ihre Mutter?

So richtig ja wohl nicht. Im Prinzip nörgelt Sanne ziemlich oft an ihrer Mutter herum, wenn sie sich das mal so überlegt. Oder geht es darum jetzt gar nicht?

»Vermisst du eigentlich deine alten Freunde?«, fragt sie schnell, bevor sie sich in ihren eigenen Gedanken verheddert.

»Also, die aus Kiel?«

Anders' Miene wirkt auf einmal unbeweglich, und dann bleibt er stehen. Sanne merkt erst jetzt, dass sie schon beim Handyladen angekommen sind. »Danke fürs Zeigen«, sagte Anders und lehnt sein Rad an die Fensterscheibe des Ladens, genau vor das Schild »Fahrräder anlehnen verboten«. »Dann hol ich mir mal mein Kabel. Also, bis morgen dann!«

Sanne zögert, das geht ihr jetzt auf einmal zu schnell. »Hast du nicht gleich noch was Zeit? Wollen wir noch ein Eis essen oder so?«

Anders sieht auf seine Uhr. »Nee, ich muss los«, sagt er. »Ich muss zum Arzt.«

»Wieso? Bist du krank?« Sie lächelt – krank sieht er nun wirklich nicht aus –, aber er lächelt nicht.

»Nein, wegen meines Herzfehlers.«

»Und bei welchem bist du?«, fragt Sanne schnell, um ihre Verlegenheit zu überspielen. Hätte sie man bloß nicht gefragt, ob er noch mit ihr Eis essen will! Peinlich.

»In Berlin«, sagt Anders. »In der Herzklinik. Deshalb muss ich jetzt auch echt los.« Er zieht seinen Fahrradschlüssel heraus, dann zögert er kurz. »Oder willst du kurz warten? Dann brauche ich nicht abzuschließen?«

»Kann ich machen.«

Anders lächelt ihr zu, dann verschwindet er im Laden. Nach ein paar Minuten, in denen Sanne versucht, ihre Verlegenheit abzuschütteln, kommt er wieder heraus.

»Hatten sie da, klasse!«, sagt er und zeigt ihr die Packung mit dem Kabel, bevor er sie in seinen Rucksack wirft. »Danke.« Er klappt den Fahrradständer ein und schwingt sich auf den Sattel. Dann beugt er sich vor.

»Hier«, sagt er und reicht Sanne einen zusammengefalteten Zettel, »wenn du mal willst.« Er winkt, dann fährt er davon. Sanne sieht ihm nicht nach. Sie betrachtet den Zettel in ihrer Hand, aber sie faltet ihn erst auseinander, als Anders schon längst um die Kurve gebogen ist.

...........................................

**Sanne**
*»Wenn du mal willst« – erst wusste ich überhaupt nicht, was er nun eigentlich damit gemeint hat. »Wenn du mal willst« – das kann ja nun echt alles heißen. Bei Robert wäre es mir klar gewesen, sofort. Bei den meisten anderen Jungs auch. Aber bei Anders ...*

*Auf dem Zettel war seine Handynummer. Das war das erste Mal, dass ich seine Handschrift sah, eine schöne Handschrift, fand ich. Ich dachte eigentlich sofort, dass ich gern mal einen Brief bekommen würde, einen Brief, mit dieser Handschrift geschrieben. Von ihm. Von Anders.*

*Also, seine Nummer stand da und dann noch sein Name, Anders Jaspersen.*

*Ich musste auch ein bisschen lachen, aber erst später. Ich meine, ich kann mich gar nicht erinnern, wann ich das letzte Mal eine Handynummer auf einem Zettel bekommen habe – eigentlich sagt man die sich ja nur an und tippt sie direkt ein oder ruft sich sowieso an, dann hat man die Nummer ja gleich und muss sie nur speichern. Aber Anders schrieb sie mir auf einen Zettel. Superaltmodisch. Und irgendwie süß.*

*Tja, da stand ich dann also und wusste erst mal nicht so richtig, was ich machen sollte.*

*Eigentlich hätte ich Tuana angerufen und ihr das gleich mal brühwarm erzählt, aber mir war nicht danach. Und deshalb bin ich dann erst mal nach Hause gefahren und hab mich aufs Bett gelegt. Und ein bisschen geträumt.*

*Und dann hab ich beschlossen, erst mal abzuwarten.*

*Damals dachte ich, ich hätte ja noch Zeit.*

*Und mir ist überhaupt erst viel später aufgefallen, dass er auf meine Frage gar nicht geantwortet hat.*

..........................................................

»Robsy, möchtest du denn gar nichts essen?« Roberts Mutter steht in der Küchentür, wie immer tadellos gekleidet. Sie trägt eine eng anliegende helle Hose und einen Schal über ihrer erdfarbenen Bluse. Roberts Mutter sieht sogar in alten Jogginghosen elegant aus, aber er hat keine Ahnung, wie sie das immer hinkriegt. »Tilla hat ganz köstliche Frühlingsrollen gemacht, wirklich, die musst du einfach probieren!«

»Keinen Hunger«, sagt Robert und ist schon halb an der Treppe zum Untergeschoss. Andere Leute haben einen Keller, bei ihnen ist es ein Untergeschoss. Roberts Reich. Und da will er jetzt hin. Schließlich hat er was Dringendes zu tun.

»Nur einen Happen?« Seine Mutter lässt nicht locker.

»Nee, hab ich doch gesagt. Keinen Hunger.« Er nimmt die Treppe mit drei Sätzen und schließt seine Zimmertür nachdrücklich hinter sich.

Eigentlich tut es ihm immer leid, wenn er seine Mutter so stehen lässt, aber er kann nicht anders. Er will auch nicht, dass sie ihn nervt, aber sie nervt ihn nun mal.

Mit Schwung wirft er seinen Rucksack aufs Bett und hängt sich vor den Laptop. Durch das breite Panoramafenster unterhalb der Decke fällt helles Sonnenlicht in den Raum und beleuchtet das ordentlich gemachte Bett und die in Reih und Glied stehenden Sportschuhe, die Robert selbst nie so ordentlich hinstellen würde. Tilla, ihre vietnamesische Haushaltskraft, hat mal wieder Ordnung geschaffen. Eigentlich will Robert das nicht, schließlich ist das sein Zimmer, da soll niemand drin rumschnüffeln. Aber besser Tilla als seine Mutter. Tilla peilt ja sowieso nichts. Und seine Mutter denkt immer das Falsche.

Der Laptop fährt hoch und Robert haut sein Passwort in die Tasten. Azad ist schon wieder online, ist der ja immer. Wenn nicht über den Laptop, dann über sein Smartphone.

Und sonst?

Tuana, die alte Schlampe. Die kann ihn mal. Wie die Anders immer anguckt, zum Kotzen.

Und Sanne erst recht. Aber die ist nicht online.

Die beiden sind Freundinnen, seit Robert denken kann. Freundinnen. Freundschaft.

Allein das Wort schon.

Auf wen kann man sich denn verlassen, wenn nicht auf seine Freunde?

Eigentlich muss er mal sehen, wie weit seine Freunde bereit sind, für ihn einzustehen.

Justin ohne Frage. Azad, klar. Niklas? Logisch. Auch wenn der nicht ganz sauber ist.

Und sonst?

Robert starrt eine Weile blind auf den Bildschirm, dann ruft er Google auf und tippt ein paar Buchstaben in die Suchmaske.

Ein zaghaftes Klopfen ertönt an der Tür. »Robsy?« Die Stimme seiner Mutter klingt gedämpft durch die Tür. Wie ein Piepsen. Mann, echt! Kann sie ihn nicht in Ruhe lassen? Können sie ihn nicht alle in Ruhe lassen?

»Ich hab doch gesagt, ich hab keinen Hunger, Mensch!«

Er lauscht einen Moment, aber es ist nichts mehr zu hören. Wahrscheinlich geht sie gerade wieder die Treppe hinauf, das macht sie fast lautlos. Robert dreht sich zum Bildschirm zurück.

Anders Jespersen gibt es sechsmal bei Facebook. Alles alte Knacker aus Dänemark.

Robert kneift die Augen zusammen. Komisch, neulich hat er doch auch schon mal geguckt, da gab es keinen.

Dann sieht er es. Ein Vokal ist falsch. Jaspersen muss es heißen.

Er vertippt sich gleich zweimal, denn lehnt er sich zurück.

Anders Jaspersen gibt es nicht.

Jedenfalls nicht bei Facebook und auch nirgendwo sonst, wie es aussieht. Zumindest nicht heutzutage. Zwei oder drei gab's mal in den Staaten, aber die sind schon seit fast dreihundert Jahren tot.

Noch nicht mal Skelette mehr übrig.

Hat der Arsch einen Nickname bei Facebook?

Robert beißt sich auf die Unterlippe. Dann tippt er den Namen erneut ein, dazu Kiel.

Nichts.

*Jaspersen Kiel*

Zig Einträge. Einer ganz oben ist gut: *Dr. Christof Jaspersen, Hansebau Kiel.* Diverse Zeitungsartikel, Auszeichnungen. Hat irgendeinen Ingenieurspreis bekommen, vor zwei Jahren. Lebenslauf. *Verheiratet, drei Kinder. Vinus AG. Bootsbaubüro. Chicago. Cirrus AG.*

Robert stutzt, scrollt zurück. Nicht wegen der Cirrus. Das weiß er ja, dass Anders' Vater der neue Chef von seinem Vater ist. Hat sein Vater sich oft genug drüber beschwert, dass er den Job nicht bekommen hat, sondern einer aus Kiel. Nein, das ist es nicht. *Verheiratet, drei Kinder.*

Bildsuche oben links.

Lauter alte Typen. Blond, dunkelhaarig, mit Bart, ohne, mit Brille, ohne.

Wie Anders sieht keiner von ihnen aus.

*Christof Jaspersen Familie Kinder*

Nichts. Jedenfalls kein Foto.

Robert seufzt. Anders, der Arsch.

*Drei Kinder, drei Kinder.*

Noch mal: *Kiel Jaspersen Christof Kinder*

Wieder nichts.

Mist. Anders. Hat der nicht eine Schwester hier? Wie heißt die noch mal?

Robert trommelt mit dem Daumen auf die Tischplatte, ein schnelles Stakkato. Kann er vergessen, fällt ihm sowieso nicht ein. Weiß sonst bestimmt auch keiner. Außer Sanne. Sanne. Sanne. Sanne.

*Kiel Jaspersen Christof Tochter*

Nichts.

*Kiel Jaspersen Christof Sohn*

Wieder nichts.

Verdammter Schrott. Irgendwas muss doch zu finden sein! Zurück. *Vinus AG. Bootsbaubüro. Chicago. Cirrus AG.*

*Dr. Christof Jaspersen Cirrus AG*

Treffer: ein blonder Typ mit Brille, langweiliges Gesicht. Sieht aus wie Mr. Jedermann. Das Foto ist von der firmeneigenen Seite. *Dr. Christof Jaspersen, seit Juli verantwortlicher Abteilungsleiter bei der Cirrus AG.*

Sonst noch was?

Irgendwas Besonderes? Hat der nicht irgendwas Besonderes gemacht, Anders, der Arsch, vorher in Kiel?

Sport, was ist mit Sport? Kann ja noch nicht mal Fußball spielen, der Penner. Aber hat Niklas nicht irgendwas von Segeln erzählt?

*Jaspersen Segeln Kiel.* Immer noch Fotosuche.

Treffer: *Kieler Segeltalent: Svea Jaspersen belegte mit ihrer Partnerin Nike Büter aus Kronshagen den 2. Platz.* Die Kleine sieht aus wie Anders in Mini. Ist vielleicht zwölf oder so. Von wann ist das Foto?

Nicht zu finden. Verschwindet einfach im Cache.

Zurück zur Textsuche. Noch mal.

*Jaspersen Kiel.*

Zig Einträge. Robert scrollt runter. Fast alle über den Vater, auch was über den Großvater oder so, ein paar andere Jaspersens. Familie? Oder gibt es den Namen da oben ganz häufig?

Ein Wort springt ihm ins Auge, Robert klickt an.

*Institut für Sexualforschung. Endokrinologie. Selbsthilfegruppe betroffener Familien. Kontakt über Dr. C. Jaspersen.*

Ist das jetzt Anders' Vater oder nicht? Selbsthilfegruppe? Endokrinologie?

Hat Robert noch nie gehört. Beim Eingeben in die Suchmaschine vertippt er sich gleich dreimal, endlich hat er's.

*Endokrinologie: die Lehre von den Hormonen. Teilgebiet der inneren Medizin.*

Ein hartes Klopfen ertönt, fast im selben Moment wird die Tür geöffnet. Robert fährt herum, heißer Zorn glüht in ihm auf.

Der sofort wieder verglimmt. Platz macht für anderes.

Sein Vater steht wortlos im Türrahmen, der Mund ein schmaler Strich. Früher hatte er mal Lippen, daran erinnert Robert sich gut.

»Was tust du?«, fragt sein Vater laut.

»Ich lern was.«

»Und was, bitte?« Sein Vater kommt in den Raum. Robert dreht sich um, seine Hand fährt zur Tastatur. Zu spät.

»Institut für Sexualforschung?«, liest sein Vater vom Bildschirm ab. »Hast du Probleme?«

*Und wenn, dann würde ich sie dir nicht erzählen.* »Wir müssen ein Referat halten. Über ... über Hormone.«

Roberts Hand schwebt über der Tastatur, aber wegklicken kann er die Seite jetzt natürlich nicht mehr.

Scheiße, Scheiße, Scheiße.

Sein Vater nickt. Seine hellen Augen bohren sich in Roberts. Straff steht er da, die Schultern gerade, ein leicht spöttisches Lächeln um die Mundwinkel herum. »Hochinteressantes Thema. Na, das legst du mir dann ja vor«, sagt er und nickt zur Bekräftigung. »Und jetzt kommst du bitte hoch und isst mit uns. Tilla hat Frühlingsröllchen gemacht, die wirst du probieren.«

## Kapitel 5

# SPRINGTEUFEL

Sanne starrt das Handy nun schon seit so vielen Minuten an, dass sie es gar nicht mehr richtig erkennen kann. Das ist komisch: Man kann Dinge tatsächlich so lange ansehen, bis sie unscharf werden. Und manchmal ist es genau andersherum: Man sieht sie an und erst nach einer Weile sind sie deutlich zu erkennen.

Aber jetzt sieht ihr Handy einfach nur noch aus wie eine unscharfe, schwarz-rote Masse. Nichts, womit man etwas anfangen könnte. Und schon gar nicht etwas, womit man die Stimme eines Menschen herbeizaubern kann, den man unbedingt näher kennenlernen möchte.

»Sanne!«, brüllt Nina aus dem Flur. »Kommst du jetzt mit oder nicht?«

»Wohin denn?«, brüllt Sanne zurück. Sie rutscht noch näher an das Handy heran und legt den Kopf schief, um ein Auge zu schließen. Die Farbe des Handys verändert sich, sie wird dunkler. Und blasser zugleich.

»Hä, was machst du denn da?« Nina, Sannes kleine Schwester, kommt ins Zimmer gesprungen.

»Du sollst anklopfen, Mensch!«

»Hab ich doch«, sagt Nina und beugt sich vor. »Was ist denn mit deinem Handy?«

»Nichts!« Sanne nimmt das Handy und steckt es zwischen ihre Oberschenkel. Nina ist so neugierig, dass es kaum zu ertragen ist.

»Ist das kaputt?«

»Wo wollt ihr denn jetzt hin?«, fragt Sanne, um sie abzulenken. Das klappt nicht immer, aber manchmal eben doch.

»Na, nach Hoyerswerda, shoppen«, sagt Nina und lässt mit beiden Fäusten die Matratze wippen.

»Hör auf damit! Wollt ihr doch nicht zu Ikea?«

»Nee, Mama hat keine Lust. Was ist denn mit deinem Handy?«

»Nichts, Mensch«, sagt Sanne und seufzt so laut, dass es hoffentlich im ganzen Haus zu hören ist. »Und ich komm nicht mit, Hoyerswerda ist doch voll öde.«

»Du bist öde!«, sagt Nina und springt von einem Bein aufs andere, zurück zur Tür. »Tschüs, du öde knöde Blöde! Mama!«, brüllt sie. »Sanne will nicht mit! Die will sich lieber laaaaangweilen!« Im Rausgehen fegt sie mit der Hand durch Sannes altes, mittlerweile viel zu klein gewordenes Tutu, das neben der Tür hängt.

»Lass das!«, ruft Sanne ihr nach, aber sie hört schon die Haustür klappen. Sanne lehnt sich zurück und sieht weiter zur Tür. Wetten, sie muss nicht mal bis zehn zählen?

Bei sechs erscheint ihre Mutter im Türrahmen. »Und du willst wirklich nicht mit? Ich dachte, wir gucken mal nach neuen Schuhen?«

»Nee, heute nicht, Mama, ich will mal entspannen. Und ich hab auch noch was für die Schule zu machen.«

»Aber heute ist Samstag, das kannst du doch morgen machen!« Sanne sieht genau, dass ihre Mutter sie lieber dabeihaben möchte. Aber das ist ja meistens so!

»Nee, morgen soll es noch mal richtig heiß werden, da gehen wir baden, Tuana und die anderen und ich.«

Ihre Mutter nickt geschlagen. »Na gut. Dann bis später! Wenn du Hunger bekommst ...«

»Mama! Ich bin doch keine fünf mehr!«

Ihre Mutter winkt, dann geht sie endlich. Sanne wartet, bis sie den Wagen starten hört, dann zieht sie das Handy zwischen ihren Schenkeln hervor und starrt es erneut an.

Kann man denn schon am nächsten Tag anrufen, oder wäre es besser zu warten? Aber wie lange denn? Morgen soll der letzte warme Tag des Jahres sein, und Montag ist schon wieder Schule, da sehen sie sich ja sowieso.

Wenn sie bloß Tuana fragen könnte! Aber irgendwie geht das nicht.

Sanne betrachtet das Handy, dann holt sie tief Luft und wählt. Als sie den Klingelton hört, wird ihr vor Aufregung schlecht. Am liebsten möchte sie wieder auflegen, aber dafür ist es zu spät jetzt.

Nach dem fünften Klingeln schwappt eine Woge der Enttäuschung in ihr hoch. Er geht nicht ran. Wahrscheinlich will er gar nicht mit ihr reden. Klar, die Nummer kennt er nicht, aber immerhin hat er ihr seine gegeben, da müsste er doch damit rechnen, dass sie anruft. Aber vielleicht nicht heute? Vielleicht ruft sie wirklich zu früh an?

Kurz entschlossen legt sie wieder auf und atmet aus. Puh. Gerade noch mal gut gegangen? Oder dumm gelaufen?

Als sie aufsteht, beginnt das Handy in ihrer Hand zu vibrieren, dann setzt der Klingelton ein.

Seine Nummer steht auf dem Display. Sanne holt tief Luft, dann geht sie ran. »Ja?«

»Wer ist denn da?«

»Äh ... Sanne.«

»Sanne!« Sanne kann nicht sagen, wie seine Stimme klingt. Erfreut? Genervt? Weiß er überhaupt, wer sie ist? »Hi«, sagt er schließlich. »Und, wie geht's so?«

»Okay«, sagt Sanne und schwingt auf ihrem Stuhl herum. Komisch, das Tutu neben der Tür ist runtergefallen, das sieht sie erst jetzt. »Und wie war's beim Arzt?«

»Beim Arzt?«

»Ja, beim Arzt.«

»Ach so, ja, okay. Und sonst?«

»Was sonst?«, fragt Sanne zurück. Ihr Hals ist trocken. Dämlich. Echt dämlich, so was. Mensch, Sanne! »Äh, sonst ist alles gut.«

»Alles gut, alles gut? Und was machst du so, heute, an diesem düsteren Tag ohne Sonne? Rumsitzen und Däumchen drehen und mit deinen Klassenkameraden telefonieren?«

Sie muss lachen, so genau trifft er den Nagel auf den Kopf. »Nee, nicht nur. Aber auch. Ich wollte mal fragen ... morgen ist ja noch mal richtig heißes Wetter, also so richtig. Soll der letzte heiße Tag sein, da gehen wir noch mal zur Brücke, baden, also Tuana und noch ein paar andere und ich. Da dachte ich, vielleicht willst du ja mit?«

Er zögert.

Oh Mensch, also war sie doch zu direkt! Sanne steckt sich den Daumen in den Mund und kniept am Nagel, während sie auf seine Antwort hört. Aber sie kann jetzt schon, an seinem Schweigen, hören, dass es eine Absage wird. Mist.

Und dann kommt sie auch schon. »Nee, sorry, aber morgen

kann ich nicht«, sagt er und Sanne hört genau, dass er krampfhaft nach einer Ausrede sucht. »Morgen bin ich noch mal mit meiner Familie unterwegs. Also, mit meinen Eltern. Wir fahren noch mal weg.«

»Ach so, na dann. Na gut, dann ... dann sehen wir uns Montag in der Schule.«

»Genau«, sagt Anders. »Genau, Montag.«

»Bis dann!«

»Bis dann, ja. Und – äh, Sanne?«

Ihr Herz macht einen Satz. »Ja?«

»Äh, viel Spaß morgen beim Baden. Bis dann!« Und schon legt er auf.

Sanne starrt ihr Handy an, dann wirft sie es aufs Bett. Und sich hinterher.

*Scheiße. Der will nicht.*

*Der will gar nicht.*

## Signe

*Ich hab es eigentlich ziemlich schnell geahnt, ohne dass ich es richtig benennen konnte. Aber als ich ihn da so sitzen sah, an diesem Samstag, im Wohnzimmer, mit seinem Handy in der Hand und diesem merkwürdigen Ausdruck im Gesicht, da wusste ich einfach Bescheid. Andere Leute würden sich freuen für ihre Geschwister, aber ich ... Ich muss sagen, ich bekam irgendwie Angst.*

*Ich hatte immer Angst um ihn, schon, als er noch ganz klein war. Ich glaube, das ging uns allen so – Mama, Papa, mir, und Siv eigentlich auch, obwohl die das immer besser wegstecken konnte. Aber Siv ist auch ein ganz anderer Typ, ehrgeizig und direkt und total kompromisslos. Und praktisch, absolut praktisch veranlagt.*

*Sie war es ja damals auch, die gesagt hatte, dass wir wegziehen sollten. Andere Stadt, andere Schule, anderer Lebensraum. Am besten in ein anderes Land. Aber das wollten wir damals nicht. Noch nicht.*
»*Und, was ist los?*«*, fragte ich. *»*Hast du telefoniert?*«
*Blöde Frage natürlich. Aber es kam einfach so selten vor, dass Anders telefonierte – auch nicht mit seinen Freundinnen oder Freundinnen von früher. Als wir aus Kiel wegzogen, brach er den Kontakt zu fast allen ab. Wenn ich ehrlich bin, zu allen – und das, obwohl er eigentlich ganz beliebt gewesen war.*
*Mama und Papa fanden das nicht so gut, aber ich konnte Anders verstehen. Und ich fand einfach, dass es seine Entscheidung war – wenn er seine Wurzeln kappen und ganz neu anfangen wollte, dann musste er das eben tun.*
*Anders nickte. *»*Sanne. Aus meiner Klasse. Ob ich morgen mit baden will.*«
*Nachzufragen brauchte ich nicht. Ich betrachtete ihn einen Moment, dann durchzuckte mich ein Gedanke. *»*Und, wie ist es, wollen wir beide mal morgen früh zum Fluss schwimmen gehen? Morgen soll es doch noch mal richtig heiß werden. Wie wär's, ganz früh um acht?*«
*Anders' Augen leuchteten auf. *»*Ja, gerne!*«
*Das war ja klar: Schwimmen gehen wollte Anders immer. Nur fehlte oft die richtige Gelegenheit.*
*Aber die konnten wir uns ja verschaffen. Am nächsten Morgen, ganz früh.*

..................................................

Pascal läuft jetzt schon der Schweiß den Nacken hinunter, obwohl es noch gar nicht so heiß ist. Eigentlich ist es sogar kühl, so früh am Morgen, und besonders schnell läuft er auch nicht, aber trotzdem ist ihm heiß.

Mal sehen, wie lange er das durchhält – die nächsten vier Wochen zweimal die Woche, hat er sich vorgenommen, einmal mittwochs und einmal sonntags, damit er endlich besser in Form kommt. Aber ob er das wirklich hinkriegt ...

Schon bei Netto an der Ecke hat er keine Lust mehr gehabt weiterzulaufen, aber noch gibt er nicht auf. Seine Füße klatschen wie kleine Mehlsäcke auf den Weg, Staub wirbelt hoch und in seiner Lunge pfeift es verdächtig.

Wie schaffen andere das bloß?

Seine Mutter hat gelacht, als er losgerannt ist, kein hässliches Lachen, aber ein ungläubiges. Manchmal denkt Pascal, dass sie keinen blassen Schimmer mehr hat, wer er ist. Aber das weiß er ja selbst oft nicht.

Es zieht in seinen Unterschenkeln, als er die leichte Steigung zur Brücke hinauf in Angriff nimmt. Wie neulich, als er mit Anders gelaufen ist. Vielleicht fragt er ihn morgen einfach, ob er wieder mal mitlaufen will. Hat Spaß gemacht, obwohl er so schlecht in Form ist. Und so viele Sachen, die Spaß machen, gibt es ja nicht. Irgendwie nicht.

Die Steigung wird steiler und Pascal presst die Lippen zusammen. Oben wird er eine Pause einlegen, ein bisschen übers Geländer hängen, gucken. So früh am Morgen sind eigentlich nur Tiere unterwegs, einmal hat er eine Bisamratte unten am Fluss gesehen; dachte erst, es sei ein Biber, aber Biber gibt's hier nicht.

Pascal schließt kurz die Augen, dann macht er sie wieder auf. Das Brückengeländer kommt in Sicht und überrascht atmet er aus.

Da oben steht jemand. Genau genommen stehen da sogar zwei Leute, ein Typ und eine Frau. Der Typ vor dem Geländer, mit ausgebreiteten Armen, er sagt etwas zu der Frau und lacht, und sie lacht auch.

Den Typen erkennt Pascal sofort: Anders! Eben hat er noch an ihn gedacht! Und die Frau kennt er auch.

Pascal stutzt und verlangsamt den Schritt. Automatisch kommt er aus dem Tritt und stolpert im nächsten Moment über eine lose Wurzel, und als er sich wieder gefangen hat, entdeckt er, dass die beiden aufgehört haben zu lachen und ihm jetzt entgegensehen.

Plötzlich fällt Pascal das Luftholen schwer. Verdammt, er hat sein dämliches Simpsons-Shirt an!

Anders starrt ihn an, seine Schwester legt die Hand über die Augen. Pascal wird noch langsamer. Umdrehen und wegrennen geht jetzt nicht mehr.

Und die alte Trainingshose von seinem Cousin Marvin hat er auch an, die mit dem Loch an der Seite. Ist echt nicht wahr, so was! Scheiß-Plan, sonntags joggen. So früh sieht einen ja keiner, haha!

Nee, keiner. Nur die einzigen beiden Leute weit und breit, vor denen man schon ganz gern mal eine halbwegs gute Figur machen möchte. Auch wenn man die gar nicht hat.

Noch zehn Meter oder so. Lahm hebt er die Hand. »Hi!«, ruft er, aber es kommt mehr so ein Keuchen heraus. Auch das noch.

Signe hebt die Hand und winkt ihm zu, aber Anders starrt ihn immer noch bloß an. Pascal wird noch langsamer, noch fünf, sechs Meter, dann verfällt er in einen langsamen Trab.

Die beiden tragen Laufkleidung, das sieht er erst jetzt; Anders seine üblichen Sportklamotten, Signe Shorts und ein leichtes Laufshirt. Die Haare hat sie zu einem lockeren Pferdeschwanz gebunden, total hübsch sieht das aus.

Anders hinter ihr legt den Kopf schief. Pascal nickt ihm zu. Anders nickt zurück. Und dann, ohne zu zögern, streift er sich

Schuhe und Socken von den Füßen, schwingt sich aufs Geländer, breitet die Arme aus und springt in die Tiefe.

Pascal stockt der Atem, ihm bleibt der Mund offen stehen. Signe dreht sich um und reißt die Augen auf. Im nächsten Moment lehnen sie beide nebeneinander über dem Geländer und starren nach unten, wo Anders gerade eben wieder auftaucht, an der schmalsten Stelle des Flusses. Zielsicher hat er die richtige Stelle erwischt, wo das Gewässer am tiefsten ist. Er schüttelt den Kopf und sieht zu ihnen hinauf.

Jetzt scheint er zu lächeln. Er winkt ihnen zu, dreht sich auf den Rücken und lässt sich langsam zum Ufer treiben.

»Wow!«, flüstert Pascal. »Wahnsinn. Der traut sich was!«

Signe wendet sich ihm zu. Ihre hellen Augen leuchten in der Morgensonne und für einen Moment stockt Pascal erneut der Atem. »Gut, was? Alter Springteufel«, sagt sie. »Typisch Anders. Wenn er irgendwas will, macht er es auch.« Sie lächelt Pascal an. »Und manchmal eben auch ganz spontan.«

Pascal kann nichts sagen. Er kann sich nur wünschen, dass Nelson Muntz nicht von seinem Shirt runtergrinst und dass er nicht schwitzt und stinkt, aber so ist es nun mal. Und deshalb sieht er wortlos zu, wie Signe sich bückt und Anders' Schuhe und Socken aufhebt.

»Na gut, dann werde ich meinem Brüderchen mal seine Treter bringen«, sagt sie. »Wenn er schon kein Handtuch dabeihat!« Sie lächelt Pascal noch mal zu, dann setzt sie sich in Bewegung und Pascal steht da, ans Brückengeländer gelehnt, und sieht zu, wie Anders' große Schwester die Böschung hinabzusteigen beginnt, vorsichtig, aber geschickt, hinunter zu ihrem Bruder, der jetzt das Ufer erreicht hat und einen der Findlinge am Uferrand umklammert hält, um sich noch einen Moment in der milden Strömung treiben zu lassen.

Pascal kann nicht sehen, ob Anders zu ihm hinaufsieht, die Sonne blendet zu stark. Aber er winkt trotzdem. Und nach ein paar Sekunden winkt Anders zurück.

............................................................

**Pascal**

*Wenn es irgendwer anders gewesen wär, hätte ich gedacht, voll der Angeber. Springt der einfach so runter, jaja, schon klar, super gemacht, ganz toll, bitte klatschen, Vorhang.*

*Aber bei Anders – dachte ich irgendwie gar nichts. Ich war nur schwer beeindruckt. Zack, springt der los, ohne zu warten. Ohne Vorbereitung. Wumm, runter. Ich selbst, ich denke immer ewig über alles nach, von hier, von da, von oben, von unten, und am Ende kommt dann doch nichts bei raus. Aber Anders, der sprang dann eben und fertig. Ohne lange zu fackeln.*

*Genau wie seine Schwester gesagt hatte: Wenn Anders was will, dann macht er das auch.*

*Und so stand ich dann da oben und guckte zu, wie seine Schwester zu ihm runterstieg, ziemlich vorsichtig, aber irgendwie auch geschickt, also geschickter als ich jedenfalls, ich wär ja schon dreimal auf die Fresse gefallen, ehrlich, bei den Steinen und dem Geröll und dem ganzen Mist da, echt.*

*Auch nicht schlecht. Könnte ich mich dann Geröllfresse nennen, haha. Ha ha!, mit Nelson gesagt.*

*Ich guck ihr so zu und sehe dann schräg hinter ihr eine Bewegung, einen Typen, der sich zwischen den Bäumen davonmacht; ich dachte schon, die Gestalt kenn ich irgendwie und komisch, was macht der da so früh am Morgen, aber dann war er schon weg und ich guck wieder zu Signe und guck ihr zu, wie sie den Abhang runtersteigt, lässig, die Schuhe immer noch in der Hand.*

*Jedenfalls, irgendwann war sie unten und Anders stieg aus dem Wasser, trocknete sich die Füße an seinem T-Shirt ab und zog sich Socken und Schuhe an und dann liefen sie los, die beiden, er klatschnass mit trockenen Füßen und sie neben ihm. Und da, erst da, kriegte ich so richtig mit, dass mir das Herz immer noch klopfte.*
*Aber eben nicht wegen Anders.*

...........................................................

»Sanne, los, komm!« Tuana klatscht in die Hände. »Los, komm schon, hoch mit dir!«

»Nee, lass mal, später!« Sanne dreht sich auf den Bauch und stützt sich auf den Ellenbogen auf. Azad kommt auf sie zugelaufen, mit klatschnassem Haar. Das Wasser läuft an seiner kräftigen, unbehaarten Brust herunter, seine Badeshorts hängen, und ein breites Grinsen ist in seinem Gesicht, als er die Arme um Tuana schlingt und sie mit einem Ruck hochhebt.

Tuana kichert so hoch, wie Sanne das noch nie gehört hat. Und dann hängt sie sich an Azads Hals, der sie breitbeinig zum Flussufer trägt, vorbei an den anderen. Tuanas Kichern wird zu einem Kreischen.

»Hilfe, Sanne!«, schreit sie. »Hilf mir doch mal, ej!«

»Meerjungfrau unterwegs!«, ruft Azad und lässt sich mit Tuana auf den Armen vornüber ins Wasser fallen. Die anderen recken die Köpfe und geben Kommentare ab, Justin klatscht Beifall, ein paar Mädchen lachen. Eine von ihnen lacht am lautesten: Azads neue Freundin, jedenfalls scheint es so, als ob sie das wäre. Sie trägt einen grünen Bikini und hängt seit ein, zwei Wochen oft mit Azad ab; Sanne kennt sie vom Sehen aus der Stadt, irgendwie sieht sie Tuana ähnlich, findet sie, aber nur ein bisschen, liegt wahrscheinlich am Teint, etwas dunkler ist der, und die dunklen langen Haare eben.

Sanne stützt das Kinn in die Hände und sieht sich um, während Tuana draußen im Wasser ein Scheingefecht mit Azad aufführt und die anderen das belustigt beobachten. Es ist ziemlich viel los heute, klar, bei dem Wetter. Die Sonne brennt noch mal so richtig heiß vom Septemberhimmel; auf dem schmalen Sandstrand am Ufer liegen die Leute dicht an dicht, Familien mit Kindern, sogar ein paar alte Leute. Die mobile Imbissbude weiter hinten hat heute natürlich auf, ab und zu dringt ein Schwall Würstchengeruch herüber, und ein Stückchen weiter neben Sanne sitzt ein älterer Typ mit Brille und isst hingebungsvoll eine riesige Portion Pommes.

Sanne schiebt ihre Sonnenbrille ein bisschen höher und lugt darüber hinweg. Hinten, an der Böschung unter der Brücke, kicken ein paar ältere Jungs Fußball mit einem Sandball herum. Eigentlich sehen sie nicht schlecht aus, bis auf einen Dicken, aber trotzdem, Sanne würde sich keinen von ihnen aussuchen. Wer käme schon für sie infrage?

Sie guckt zu ihren Klassenkameraden rüber. Azad, der alte Angeber? Bestimmt nicht. Niklas? Justin? Azads Kumpel, der mit den stechenden Augen, der Sanne andauernd anstarrt, aber nie ein Wort rausbringt, jedenfalls nicht zu ihr? Könnte ja charmant sein, wenn er nicht ständig mit den anderen den Obermacker raushängen lassen würde.

Nein, für Sanne kommt keiner von ihnen infrage. Einen aus der Oberstufe findet sie zwar gut – Marc heißt er –, aber der hat ihr noch nie einen tieferen Blick zugeworfen. Wahrscheinlich findet er sie zu jung.

Schade eigentlich. Er sieht ein bisschen aus wie Anders. Nur älter.

Anders. Anders. Hätte sie ihn bloß nicht angerufen!
Schlagartig wird ihr heiß und sie springt auf.
Das Flusswasser ist schön kühl und gleich wird ihr besser. Tuana albert immer noch mit Azad rum und winkt Sanne, dass sie dazukommen soll, aber Sanne winkt nur zurück und schwimmt langsam los, am Ufer entlang, der Brücke entgegen, wo die Strömung stärker wird.

In Höhe des großen Findlings kurz vor der Böschung muss sie sich anstrengen, um nicht in den Sog flussabwärts gezogen zu werden. Neben ihr schwimmen zwei ältere Damen mit Badekappen; wie kann man nur? Badekappen! Damit sieht man sofort völlig bescheuert aus und die Kopfhaut unter der Kappe juckt immer so grässlich.

Dort, wo der Fluss sich verengt, hält sie inne und tritt Wasser, um in die Höhe zu sehen. Hoch über ihr ragt die Eisenbahnbrücke empor, mit ihren rostigen Streben wirkt sie wie ein altes Mahnmal, wofür auch immer. Sanne zieht die Luft tief in ihre Lungen. Ganz unten, in der Spitze, fühlt sie die Enttäuschung.

Hätte sie bloß nicht angerufen!

Plötzlich umfasst sie jemand von hinten und drängt sich gleichzeitig an sie. Sanne saugt erschrocken die Luft ein, Wasser gerät ihr in die Kehle und sie muss husten. Hände auf ihren Brüsten, ein Schenkel schlingt sich um ihre strampelnden Beine, schwerer Atem an ihrem Ohr. Der Schreck kommt in Wellen, die sie zu überfluten scheinen, für einen Moment wird sie untergetaucht, dann spürt sie ganz deutlich den Ständer an ihrem Hintern und muskulöse Arme um ihre Schultern.

Prustend versucht sie sich aus der Umarmung zu befreien, schnappt nach Luft, dann hört sie ein Lachen.

Robert!

Aus dem Augenwinkel sieht sie ihn grinsen, als er sich noch fester an sie drängt.

»Mann, spinnst du!«, ruft Sanne prustend.

Robert lacht bloß und versucht, sich an ihr zu reiben. Für einen kurzen Moment gelingt ihm das auch, aber dann glitscht Sanne ihm halb aus den Armen und tritt nach hinten aus, in etwas Weiches und Hartes zugleich. Schlagartig fängt Robert an zu husten und lässt sie los.

»Mann, echt!«, keucht er. »Scheiße, Mensch!«

»Dann lass mich doch in Frieden!«, schreit Sanne.

Gibt es doch gar nicht! Dass die Jungs aber auch immer so blöd sein müssen. Eigentlich dachte sie, das wäre mal langsam vorbei, aber es ist immer noch so. Werden die denn nie erwachsen?

»Mann!«, wimmert Robert und versucht, sich wassertretend den Unterleib zu halten. »Mann, Sanne, echt, das war doch nur Spaß!«

»Leck mich!«, schreit Sanne ihn an und krault los, mit hastigen Zügen, genau in den Sog hinein. Die Strömung reißt sie sofort mit sich, in die Flussmitte, während Robert zurückbleibt und sein erstauntes, schmerzverzerrtes Gesicht rasch kleiner wird.

Idiot! Wo ist denn der auf einmal hergekommen?

»He!« Tuana winkt ihr zu und Sanne schwingt sich zur Seite und macht ein paar kräftige Atemzüge. Erneut reißt die Strömung an ihr, dann gibt sie sie wieder frei und Sanne schwimmt erschöpft zum Ufer zurück. Neben einer jungen Mutter mit einem Kleinkind, das mit großen Augen zu Sanne hinüberstarrt, als wäre sie ein Geist, steigt sie aus dem Wasser und geht mit schnellen Schritten zu ihrem Handtuch hinüber. Azad und sein Kumpel winken ihr zu, aber Sanne ist der Spaß vergangen.

Eigentlich will sie nur weg.

Fragt sich nur, wohin?

Wütend rafft sie ihr Handtuch zusammen, dann bleibt sie doch stehen. Tja, wohin soll sie denn jetzt?

»Willst du schon los?«, fragt Niklas. Sanne sieht zu ihm runter. Niklas' fragendes Gesicht, Azads vielsagendes Lächeln, die jetzt so mürrische Miene seiner Freundin. Der stechende Blick seines Kumpels. Was hat sie mit denen eigentlich zu tun?

Sanne seufzt. »Mensch, ihr geht mir alle auf den Senkel. Echt jetzt!« Und dann lässt sie sich hinplumpsen.

Wenn Anders hier wäre, dann wäre das bestimmt nicht passiert.

*Aber der will ja nicht.*

*Scheiße. Der will nicht.*

........................................................

## Justin

*Jesus, da kam er dann raus und sagte erst mal gar nichts mehr. Hing den Rest der Zeit mit der finstersten Fresse rum, die ich je gesehen hab. Ich mein, das kenn ich ja von Robert, also dieses Stinkige, hatte mein Alter ja auch immer drauf. Da scher ich mich gar nicht groß drum, aber jetzt war es schon irgendwie schräg. Ej, wie kann man denn so stinkig sein, wegen nichts?*

*Und war ja auch nichts. Mann, sie hatte ihn einfach nur weggeschubst, oder? Hatte ich jedenfalls so gesehen, aus der Ferne. Keine Ahnung, was sie ihm hingeknallt hat, aber... Ich mein, Robert hatte sie doch schon, und ich wette, ich wette!, verknallt war der gar nicht in sie. Jedenfalls nicht mehr. Obwohl, kann man ja auch nicht richtig wissen.*

*Aber eigentlich, als ich ihn da so sitzen sah und er nur was vor sich hin knurrte und mir fast auf den Fuß rotzte, nur, weil ich ihm eine*

*Kippe anbieten wollte, da hatte ich so ein Gefühl, was ich auch von früher kenn. Und total nicht haben will.*

*Schon gar nicht bei einem, mit dem ich oft rumhäng.*

*Ehrlich gesagt machte er mir fast Schiss. Und Schiss hatte ich schon genug gehabt. Vor meinem Alten.*

*Tja, Scheiße, wenn man mit so einem dann aber befreundet ist, was? Ist wie nicht wegkommen. Einfach nicht wegkommen.*

*Komische Nummer.*

*Aber irgendwie fing es da dann erst so richtig an. Also, ich mein, dass es ernst wurde mit der ganzen Geschichte.*

*Obwohl er gar nicht dabei war an diesem Tag.*

*War er ja nicht.*

*Aber für Robert war er irgendwie doch da.*

## Kapitel 6

# KUCHENJUNGE

Ethik-Schrader nervt, Wieczorek nervt, Köhler, der eine Mathearbeit für die nächste Woche ankündigt, nervt, alles nervt. Anders nervt auch. Er sitzt da, als wäre nichts, und lächelt Sanne zwei-, dreimal zu, als hätte dieses peinliche Telefongespräch nie stattgefunden. In den Pausen verzieht Sanne sich so schnell, dass Tuana Mühe hat hinterherzukommen.

»Was is'n los?«, fragt sie, als die Schule endlich zu Ende ist und sie nebeneinander zum Fahrradständer laufen. »Wegen Robert oder warum bist du so komisch heute?«

»Hä, wegen Robert? Wieso?«

Tuana zuckt mit den Schultern und rückt ihren neuen Rucksack zurecht. Der hat so dünne Träger, dass Sanne nur den Kopf schütteln kann. Tut höllisch weh beim Tragen, hat Sanne ausprobiert, aber offenbar ist Tuana der neueste Modetrend wichtiger als ihre Schultern. »Wegen gestern. Azad meinte, ihr habt euch total gestritten am Fluss?«

»Gestritten? Quatsch!« Sanne zieht ihren Schlüssel raus. »Gestritten haben wir uns nicht. Genervt hat er mich, sich an mir rumgerieben im Wasser, der Arsch!«

»Hab ich gar nicht mitgekriegt!«

»Nee, du warst ja auch die ganze Zeit mit Azad zugange. Was sollst du da auch sonst noch mitgekriegt haben!«

»He, bist du etwa eifersüchtig?« Tuana lacht, als Sanne ihr einen Vogel zeigt. Dann guckt sie auf ihr Handy. »Oh, warte mal!« Sanne schließt ihr Rad auf, während Tuana eilig und mit einem dümmlichen Grinsen im Gesicht eine Nachricht eintippt. »Von Azad«, sagt sie triumphierend, als sie fertig ist. Aber Sanne zuckt nur mit den Schultern.

»Azad meint übrigens, dass Robert immer noch auf dich steht und dass ihr eigentlich gut zusammenpassen würdet«, sagt Tuana und bläst sich eine lange Strähne aus dem Gesicht.

»Mensch, Azad hat doch keine Ahnung!« Sanne nimmt wütend ihr Rad aus dem Ständer und bugsiert es vorsichtig an den vielen anderen Rädern darum herum vorbei. »Der soll doch mal zusehen, dass er mal selber klarkommt.«

Tuana sieht sie misstrauisch an. »Wie meinst'n du das?«

»Na ja«, sagt Sanne, und dann muss sie erst mal zurücktreten, weil einer der Zehntklässler sich zwischen Tuana und ihr zum Fahrradständer drängt. Schweigend sieht sie zu, wie er einigermaßen mühevoll sein Rad aufschließt. Aber endlich gelingt es doch und er schiebt es zwischen den Mädchen hindurch, ohne auch nur eines von ihnen anzusehen.

Logisch. Zehntklässler. Außerdem kennt Sanne ihn vom Sehen, es ist ein Freund von Marc, und der guckt sie ja auch nie an.

»Ja, wie denn jetzt?« Tuana lässt nicht locker.

»Ach, egal! Ich muss los«, sagt Sanne. Dabei muss sie gar nicht los.

»He, warte mal, jetzt sag doch mal! Warum soll Azad sehen, dass er klarkommt?«

»Na, Mensch, der hat doch wohl schon eine Freundin, oder? Und dann macht er vor deren Nase mit dir rum?«

Tuana starrt sie an. »Der hat gar nichts mit der«, sagt sie. »Die sind nur befreundet.«

»Klar.« Auf einmal hat Sanne die Nase voll. »Sicher. Alles klar. Schon gut, die sind nur befreundet!« Was geht sie Azad überhaupt an? Soll der machen, was er will. Und Tuana auch. Und alle anderen auch, alle sollen doch einfach machen, was sie wollen.

Tuana starrt sie immer noch an, mit einem seltsamen Gesichtsausdruck, den Sanne bis dahin noch nie bei ihr gesehen hat. Dann reißt sie die Augen auf und greift nach ihrem Handy. Noch während sie es kurz studiert, beginnt sie zu lächeln.

»Azad«, sagt sie, als sie aufblickt. »Ob wir noch ein Eis essen gehen! Du, ich muss los, du bist ja nicht böse, oder? Wir reden ein andermal weiter!« Und schon schwingt sie sich auf ihr Rad. Aber dann dreht sie sich noch mal um. »Und Sanne – scheiß doch auf Robert!«, sagt sie. »Ist doch egal, um den musst du dich doch gar nicht kümmern.«

Sanne nickt und Tuana fährt los. Sanne blickt ihr nach. Sie sieht echt gut aus, Tuana, in letzter Zeit besonders, hat total lange Beine gekriegt irgendwie. Aber so richtig eng sind sie irgendwie nicht mehr.

»Finde ich auch«, sagt eine Stimme hinter ihr. »Kümmer dich nicht um den!«

Sanne fährt herum. Anders steht am Ende des Fahrradständers, sein Rad in der Hand. Hinter ihm lungert Pascal herum, die Hände in den Taschen, das Gesicht leicht gerötet. Als sie ihn ansieht, guckt er sofort zur Seite. Sanne holt tief Luft. »Was ... was habt ihr denn jetzt vor?«, fragt sie verlegen und nimmt ihren Lenker fester in die Hand.

Anders lächelt. »Wir gehen noch Mathe lernen«, sagt er.
»Aber Mathe kannst du ja gut, was?«
Sanne nickt und bereut es im selben Moment. Hätte sie jetzt lieber den Kopf schütteln sollen? War das jetzt eine Einladung oder wie?
»Na, dann brauchst du ja nicht mit uns zu lernen«, sagt Anders.
»Nee, brauch ich nicht.« Bildet sie sich das nur ein oder sieht Pascal irgendwie erleichtert aus?
Anders sieht sie einen Moment lang an, dann dreht er sich zu Pascal. »Hier, halt mal kurz!« Er drückt dem überraschten Pascal sein Rad in die Hand und kommt zu Sanne herüber. Dicht vor ihr bleibt er stehen.
»Du, Sanne?«
Sie kann fast nicht antworten. Auf einmal ist die Luft glasklar, gestochen scharf sieht sie Anders' Gesicht vor sich, seine fein geschnittenen Züge, den hellen Flaum auf seinen Wangen.
»Ja?«
»Hast du Lust, trotzdem mitzukommen?«
Verblüfft starrt sie ihn an. »Was?«
»Ob du trotzdem mitkommen willst? Zu viel üben kann man ja nie, oder?«
»Ich ... also, ich kann jetzt aber nicht. Ich muss noch zum Zahnarzt.«
»Und danach?«
Jetzt fällt ihr gar nichts mehr ein. Sie starrt ihn nur an. »Danach?«
»Ja, danach? Hast du Lust, danach noch vorbeizukommen? Also einfach so? Wir müssen ja nicht lernen.«
»Äh ...« Sanne zögert, dann spürt sie, wie sie nickt. »Ja, gut.«
»Um sechs?«

Sanne nickt noch mal. »Geht«, sagt sie. »Aber ich muss dann so um halb acht zu Hause sein, da essen wir.«

Anders nickt. »Birkenweg 8«, sagt er. »Freu mich.« Er winkt, dann dreht er sich um und geht zu Pascal zurück, der brav wie ein Diener immer noch sein Rad hält. Pascal winkt auch, dann ziehen sie ab.

Birkenweg 8. Weiß Sanne längst. Steht im Klassenbuch.

Aber mehr weiß sie jetzt nicht. Eher weniger. Eigentlich weiß sie gar nichts mehr.

...........................................................

**Pascal**

*Spätestens da hab ich es gepeilt. Wie die beiden sich angeguckt haben, mit diesem Hungerblick, war ja alles klar. Nur sie selber wussten's nicht. Jedenfalls Anders nicht.*

*Und um sich rum kriegten sie auch nichts mit. Schon gar nicht Niklas und Robert, die gerade um die Ecke bogen und rübergafften. Bei Roberts Blick war mir auch alles klar. Wenn Blicke töten könnten, ja wenn... Aber dann wäre ich ja auch schon längst im Himmel. Zigfach. Bei meinem Alten oder wo auch immer der sich rumtreibt.*

*Ja, oder nee, doch nicht. Wenn Blicke töten könnten, dann nicht mich, an mir düsen sie ja nur vorbei. Gestatten, Mr. Unsichtbar.*

*Ob Sanne überhaupt mitgekriegt hat, dass ich auch da rumstand – keine Ahnung. Aber rot war sie ein bisschen. Und Anders auch. Innerlich jedenfalls.*

*Weil er nämlich eine geschlagene Minute brauchte, um zu antworten, als wir dann loslatschten, er und ich, bisschen später, den Bürgersteig lang Richtung Birkenweg. Obwohl ich doch nur eine einzige, winzige Frage stellte, einfach mal so, peng ins Blaue rein:* »Findste die gut?«

*Und da brauchte der eine geschlagene Minute, um zu antworten. Ging neben mir her, den Lenker in der Hand, einen Fuß immer im Rinnstein, den anderen auf dem Bordstein, hoch, runter, hoch, runter, hoch, runter, konnte man seekrank werden vom Zugucken. Hoch, runter. Und dann: »Ja.«*

*Schob ich noch eine Frage hinterher: »Hattest du schon mal eine Freundin?«*

*Da brauchte er nicht lange. Er guckte hoch, mich so an, mit diesen hellen Augen, die seine Schwester auch hat, mitten im Gesicht, ja klar, logisch, und wie! Guckte mir direkt in meine eigenen Glotzer und sagte: »Nur in Gedanken. Und du?«*

*Fand ich klasse von ihm. Dass er zurückfragte. Obwohl er die Antwort sicher schon wusste.*

*Ich mein, wer wüsste die nicht?*

...................................................

Bis sechs Uhr dauert es ewig. Beim Zahnarzt muss Sanne kaum warten, gebohrt wird auch nicht, alles in Ordnung, Routineuntersuchung, kaum drin, ist sie auch schon wieder draußen. Und da ist es erst kurz vor fünf. Nach Hause lohnt sich nicht mehr; was soll sie da auch – ihre Mutter würde höchstens fragen, wo sie denn jetzt wieder hinwill, so kurz vorm Abendbrot. Also schlägt Sanne die Zeit tot, indem sie zur Brücke fährt und sich oben aufs Geländer setzt. Das Flussufer ist leer, kein Wunder; der Sommer ist endgültig vorbei, selbst das Wasser sieht schon herbstlich aus, mit braunen Schlieren und weißen Schaumkrönchen versetzt fließt es schnell und scharf unter der Brücke vorbei.

Sanne versucht nachzudenken, aber das gelingt nicht, sie kann nur träumen. Aber dann ist es endlich kurz vor sechs und sie schwingt sich aufs Rad und fährt zum Birkenweg rüber. Nummer 8 ist ein Einfamilienhaus, ein ziemlich großes und neues, mit richtiger Garage daneben, nicht so einem Carport wie bei den meisten Leuten hier in der Straße und überhaupt.

Neben der Tür hängt kein Namensschild. Nur ein Klingelknopf ragt aus der Wand. Sanne wundert das nicht; im Telefonbuch stehen die ja auch nicht. Oder vielleicht noch nicht, so lang wohnen sie ja noch nicht in der Stadt.

Bevor Sanne öffnen kann, geht die Tür von innen auf und Anders steht vor ihr. »Hi, Sanne! Komm rein.« Er tritt zurück und Sanne geht an ihm vorbei in den Flur.

»Mein Zimmer ist oben.« Anders deutet zur Treppe, dann hält er inne. »Willst du was trinken? 'ne Cola?«

»Hast du auch noch was anderes?«

»Klar. Gänsewein.«

»Gänsewein?« Sein Lächeln verunsichert sie.

»Mensch, Leitungswasser! Kennst du das nicht? Gänsewein?«

Sie schüttelt den Kopf, während sie ihm in die Küche folgt. Die ist riesig und blitzt nur so; die Geräte wirken supermodern, wie aus dem Katalog, und glänzen, als seien sie gerade erst geliefert worden. In der Mitte steht ein großer Esstisch aus dunklem Holz mit sechs passenden Stühlen drum rum. Eine einzige Schale steht in der Mitte, darin drei Äpfel: einer grün, einer rot, einer rotgelb. Wie aus der Werbung!

»Wow!«

Anders sieht sie verwundert an, während er Wasser in ein hohes, schmales Glas füllt. »Was'n?«

»Wahnsinnsküche.« Sanne dreht sich einmal im Kreis, dann nimmt sie Anders das Glas ab. Seinen Blick kann sie nicht deuten. Erst als er zu lächeln beginnt, wird ihr wohler.

»Ist doch nur eine Küche!«, sagt er. »Wollen wir in mein Zimmer gehen?«

Als sie in den Flur zurückgehen, wirft Sanne einen Blick ins offene Wohnzimmer. Anders' Eltern haben einen guten Geschmack, und Geld haben sie offenbar auch. Klar eigentlich, der Vater ist ja in hoher Position bei der Cirrus. Genau wie Roberts Vater auch. Aber Anders' Vater ist, glaubt Sanne sich zu erinnern, dessen neuer Chef.

Jedenfalls, bei Robert zu Hause sieht man auch, dass die Eltern Geld haben. Aber hier gefällt es Sanne auf Anhieb besser.

Vor allem Anders' Zimmer. Das ist hell gestrichen und ziemlich karg eingerichtet: Bett, Schreibtisch, Stuhl, alles aus weiß lackiertem Holz, dazu ein gemütlich wirkender Ledersessel auf Stahlrohrbeinen. An der freien Wand gegenüber dem Bett hängt ein großes Segel, blau-weiß-rot.

»Mein altes Segel«, sagt Anders und deutet auf den Sessel davor. »Hat mir zu ein paar Preisen verholfen. Setz dich doch.«

Die Mathebücher liegen noch aufgeschlagen auf dem Tisch, ein Notizblock daneben. Anders setzt sich auf den Stuhl und dreht ihn zu Sanne. Dann stützt er das Gesicht in die Hände. »Und, wie war's beim Zahnarzt?«

»Okay«, sagt Sanne achselzuckend. »Und wie war Mathelernen?«

»Auch okay.« Anders lächelt. »Pascal ist echt gut. Denkt man gar nicht. Aber er kann gut erklären.«

»Ist er schon weg?«, fragt Sanne und möchte sich am liebsten sofort auf die Zunge beißen. Aber Anders lächelt nur. Dieses unglaublich besondere Lächeln.

»Nee, ich hab ihn im Schrank versteckt!«

Sanne sieht sich um. »Du hast ja gar keinen. Wo hast du denn deine Klamotten?«

Anders studiert ihr Gesicht. Dann steht er auf. »Willst du mal sehen?«

Die Klamotten sind in einem begehbaren Kleiderschrank gleich neben Anders' Zimmer. Eine Tür führt ins Bad und Sanne kann nicht anders, sie muss sich das Bad einfach ansehen, mit der großen, runden Badewanne und den zwei Waschbecken. Anders grinst, als sie den Wasserhahn kurz anstellt.

»Möchtest du baden?«

Sanne läuft rot an. »Quatsch!«

»Na wieso? Kann doch sein. Ist eine tolle Wanne, ehrlich. Also, wenn du willst, dann darfst du hier mal zum Baden kommen. Geht aber nur vormittags, sonst sind meine Eltern da, und das passt vielleicht nicht so gut.«

Bei jedem anderen hätte das anzüglich geklungen, aber bei Anders nicht. Sein Blick ist offen, sein Lächeln geradeheraus, und als er nach der Armatur greift und das Wasser aufdreht, das mit einem sanften Platschen in die Wanne rauscht, da weiß Sanne plötzlich ganz genau, dass sie ihn wirklich gut findet. Nicht nur ein bisschen, sondern wirklich.

Und eigentlich noch mehr.

»Na? Klingt doch wie das Meer, oder?«

Sanne lässt ihn stehen und geht zurück ins Ankleidezimmer. »Hier sind aber nicht nur deine Sachen drin, oder?«, ruft sie. Anders stellt das Wasser wieder ab und kommt ihr nach.

»Nein, von uns allen. Ich trag für gewöhnlich keine Anzüge.« Er nickt zu der Reihe von Anzügen hinüber, die ordentlich nebeneinander auf ihren ausziehbaren Stangen hängen. Darunter stehen bestimmt zwanzig Paar glänzend geputzte Herrenschuhe aufgereiht, alle in Schwarz oder Brauntönen.

»Und Kleider wohl auch nicht.« Sanne zeigt zu dem Schrankteil, in dem ein ganzer Schwung Kleider und Blusen in leuchtend bunten Farben hängen. Anders nickt wortlos.

»Nicht mehr«, sagt er trocken und stößt sich vom Türrahmen ab. »Komm, ich leg uns mal Musik auf.«

Aber eigentlich möchte Sanne jetzt nicht mit ihm in seinem Zimmer sitzen und noch nervöser werden, als sie schon ist. Sie möchte das ganze Haus ansehen, seine Klamotten, seine Umgebung, die Umgebung, in der er sich bewegt. Sie möchte wissen, wo er ist, wenn sie ihn nicht sieht; sie möchte sein Leben kennenlernen und seine Vergangenheit auch, das wird ihr klar, als sie wieder im Sessel sitzt und er ihr gegenüber und die Luft zwischen ihnen trocken zu werden scheint und auch die Musik, die sanften Töne einer Band, die sie beide mögen, als auch die die Spannung zwischen ihnen nicht aufzulockern vermag. Und so ist sie froh, als sie die beiden Fotos entdeckt, die auf seinem Schreibtisch stehen, in zwei schlichten weißen Holzrahmen.

»Wer ist das denn?«, sagt sie und steht auf. »Sind das deine Eltern?«

Anders nickt, während sie sich das erste Foto genauer ansieht. Anders' Vater sieht ihm ziemlich ähnlich; er trägt eine Brille und ist blond, schlank und offenbar ziemlich groß, wenngleich man das nicht so genau sehen kann, weil er ja sitzt. Der Frau in seinem Arm sieht Anders aber auch ähnlich, obwohl sie dunkelhaarig ist.

»Und das da?« Sanne deutet auf das zweite Bild, auf dem drei Mädchen unterschiedlichen Alters zu sehen sind; eins mag vielleicht 16, 17 sein, die anderen schätzt Sanne auf ungefähr 12 und 9. Sie sitzen auf einem Baumstamm nebeneinander, vor ihnen liegt ein großer schwarzer Hund mit aufmerksam aufgestellten Ohren.

»Das ist Ondo, das war unser Hund. Der ist vor zwei Jahren gestorben. Ein Riesenschnauzer. Süß, oder?«

Sanne muss lächeln. Da kann man also gleich sehen, wer für ihn die Hauptperson auf dem Bild ist, wenn er den Hund zuerst nennt. »Voll süß! Und wer sind die Mädchen da?«

»Meine Schwestern.«

»Drei Schwestern hast du?«

Anders zögert. »Zwei.« Er beugt sich vor und zeigt auf das älteste der drei Mädchen. »Das ist Siv, meine älteste Schwester, die ist in Kiel geblieben und studiert da. Und das ist Signe.«

»Die bei Juntermann arbeitet?«

Anders lacht. »Hast du dir das gemerkt?« Sein Gesicht ist sehr nah bei Sannes Gesicht. Sie hat vorher noch gar nicht bemerkt, was für lange Wimpern er hat. Und plötzlich kann sie ihn riechen. Er duftet, ganz fein, ganz schwach. Er duftet wie Kuchen. Wie Jungenkuchen. Oder wie ein Kuchenjunge. Fast muss sie lächeln und schnell richtet sie den Blick wieder auf das Foto von Anders' Schwestern, von denen die ältere aussieht wie Anders Mutter und die andere wie Anders und sein Vater.

»Und wer ist das dann?«, fragt sie und tippt auf das dritte Mädchen auf dem Bild, das aussieht wie Anders selbst, nur in Mini.

»Die ist gestorben«, sagt Anders und hört auf zu lächeln.

Im gleichen Moment geht unten die Haustür und dann ruft eine Stimme: »Anders? Bist du schon da?«

........................................................

*Signe*
*Ich war ein bisschen platt, als er dann mit diesem Mädchen die Treppe runterkam. Vor allem, weil sie so verlegen wirkten. Ich weiß nicht,*

ob Mama das auffiel; ich glaube, sie freute sich einfach nur, dass Anders Anschluss gefunden hatte, und Mädchenfreundinnen hatte er ja schon immer gehabt. Aber ich hatte sofort das Gefühl, dass da was im Busch war.

*Vielleicht eher noch bei Sanne als bei Anders. Kann auch sein, dass ich immer noch dachte, Mensch, Anders ist einfach noch ein Kind, so was steht doch noch gar nicht an, und bei ihm erst recht nicht. Der hat doch noch genug mit sich selbst zu tun.*

*Aber eigentlich hätte ich es ja besser wissen können. Natürlich stand das an. Und bei ihm erst recht!*

*Außerdem war ich da auch gar kein guter Maßstab. Ich selbst hatte mich das erste Mal überhaupt ein bisschen verguckt, als ich schon siebzehn war, fast achtzehn sogar. Und Siv – bei der weiß ich gar nicht. Vermutlich ist sie auch so eine Spätzünderin wie ich.*

*Jedenfalls, Mama war total beschwingt und belatscherte die beiden gleich, dass Sanne mit zu Abend essen solle und ob sie jetzt vorab schon mal Tee wollten oder sonst was.*

*Anders wollte nicht, aber Sanne war so höflich und nahm an und dann saßen die beiden also verlegen da rum und ließen sich von Mama zuschwallen. Und dann kam auch noch Papa dazu und die arme Sanne kriegte das volle Programm ab. Sie tat mir fast ein bisschen leid – ich finde unsere Familie zwar toll, aber manchmal auch anstrengend. Und was Anders angeht – tja, da sind beide wie Wachhunde, wenn auch auf freundliche Art. Und so kriegten sie es auch diesmal hin, das arme Mädchen von hinten bis vorne auszufragen, Mama lächelnd und munter, Papa ruhig und sachlich. Jemand anders würde denken, dass Mama einfach total gern redet und Papa sehr interessiert ist und deshalb so detailliert nachfragt.*

*Aber ich weiß es ja besser, worum es ging, und Anders natürlich auch. Als Sanne dann ging, waren wir also bestens im Bilde über ihre Familie: Vater Informatiker in Finkenberge, Mutter Hausfrau, kleine Schwester*

*(6. Klasse Gesamtschule); wohnhaft im Neubaugebiet am Rübenacker. Sannes beste Fächer: Mathe und Englisch. Zukunftspläne: Studium im Ausland, am besten Wirtschaftsmathematik oder Meeresbiologie. Dann in einer großen Stadt leben. Vielleicht forschen. Oder an der Uni arbeiten. Heiraten und Kinder kriegen weiß sie noch nicht. (Beim letzten Thema hätte ich Mama am liebsten voll auf den Fuß getreten.)*

*Papa blickte abwechselnd Sanne und Anders und mich an und lächelte sein freundliches Wir-gucken-einfach-mal-was-draus-wird-Lächeln, und Mama war rot im Gesicht vor Redelust.*

*Sanne guckte ein bisschen angestrengt, und dann, als sie sich endlich verziehen konnte und Anders sie zur Tür gebracht hatte und wieder zurückkam, da lächelte Mama zufrieden und sagte: »Nettes Mädchen, die kannst du gern wieder mal einladen!«*

*Aber Anders schüttelte den Kopf. »Bestimmt nicht. Echt, wie kann man denn so neugierig sein! Ihr habt doch null Taktgefühl, gar keins! Lasst euch doch nächstes Mal vorab einen Fragebogen ausfüllen!« Und damit drehte er sich um und lief zur Treppe. Aber Papa ließ ihn nicht so einfach gehen.*

*»Anders, bleib hier! Was ist los?«*

*Anders drehte sich um. »Nichts«, sagte er mit einer Miene wie Granit. »Ich hab nur keine Lust, dass ihr meine Freunde so ausquetscht. Ich kann schon allein auf mich aufpassen.«*

*Mama und Papa warfen sich einen ratlosen Blick zu. »Anders«, sagte Papa. »Wir sind froh, wenn du Kontakte knüpfst. Aber sei vorsichtig. Nach allem, was war, sei vorsichtig!«*

*»Keine Sorge«, sagte Anders. »Ich brauch gar nicht vorsichtig sein. Ihr sorgt doch schon dafür mit eurer Fragerei, dass mir niemand zu nahe kommt.« Und damit drehte er sich um und lief die Treppe hoch. Den Rest des Abends kam er nicht mehr aus seinem Zimmer.*

*Mama und Papa sahen sich an und dann mich, und dann sagte Mama das, was sie in letzter Zeit immer sagt, wenn es um Anders geht:*

»*Wir wollen doch nur, dass ihm nichts passiert! Sonst hätten wir doch all das nicht getan!*«

»*Sonst hätten wir auch in Kiel bleiben können*«, *sagte Papa und nickte.* »*Oder nach Brüssel gehen. Aber ins Ausland ... wollte ja keiner von euch.*« *Er seufzte.* »*Das Angebot steht übrigens immer noch. Also, wenn es uns hier nicht mehr gefällt, können wir ja noch mal neu anfangen.*«

»*Bloß nicht!*«, *sagte Mama.* »*Mir gefällt es hier eigentlich gut. Und dir doch auch, oder, Signe?*«

*Ich nickte, aber so ganz klar war ich mir darüber eigentlich nicht. Ja, es war schon okay hier, aber so richtig aufregend nun auch wieder nicht. Jedenfalls bedeutend weniger aufregend als Kiel. Oder Brüssel. Aber um es aufregend zu haben, waren wir ja auch nicht hergezogen.*

*Papa lächelte und streckte sich.* »*Der kriegt sich schon wieder ein*«, *sagte er.* »*Unser Anders. Und nun lasst uns essen!*«

*Ich glaube, Papa dachte wirklich, das würde schon alles werden. Wir hatten den entscheidenden Schritt getan und der Rest liefe dann von selbst. Einfach neu anfangen, dann klappte das schon.*

*Aber so war's eben nicht.*

*Neu anfangen reicht nicht.*

*Nicht immer zumindest.*

*Für Anders jedenfalls nicht.*

## Kapitel 7

# KLASSENKÖNIG

Wie er da hockt, lässig auf den Stuhl gegossen, die Beine nach vorn gestreckt, die Daumen in den Schlaufen seiner Jeans. Sein Rucksack liegt neben ihm auf dem Boden und die Haare fallen ihm ins Gesicht. Er guckt sich nicht um, nicht ein einziges Mal, er sieht einfach nach draußen, auf den Schulhof und die Turnhalle dahinter und die Bäume im Rund, oder vielleicht guckt er auch gar nicht, vielleicht träumt er auch nur, das kann keiner so genau sagen. Seine Augen sind nicht zu sehen, aber sein Profil, und die Körperhaltung: Er ist völlig entspannt. Jedenfalls wirkt er so auf die anderen.

Auch als sein Name fällt. Vorn, an der Tafel, hat Wieczorek eine Liste geschrieben, eine sehr kurze Liste. Roberts Name steht oben, dann folgen Azad – der abgewinkt, aber gnädig genickt hat – und Thao. Eigentlich hat keiner erwartet, dass noch ein Name genannt wird, aber als Wieczorek sich abschließend umsieht, sich nochmals räuspert und dann mit leicht gelangweilter Stimme in die Klasse fragt: »Und? Möchte noch jemand einen Kandidaten oder eine Kandidatin nominieren? Letzte Chance auf das Klassensprecheramt?«, da hatte sich tatsächlich ein Arm gehoben. Ein magerer, bleicher Arm, der zu Rodney gehört. Rodney, der dünne, stille Rodney, den niemand auf dem Plan hat, Rodney, der Langweiler, der Unsichtbare, Rodney Plattfuß, Rodney Bohnenstange, Rodney Vollpfosten.

Und Rodney sagt: »Ich fänd Anders gut«, und senkt seinen Arm.

Für einen Moment herrscht überraschte Stille. Dann setzt ein gedämpftes Gemurmel ein. Blicke fliegen umher, streifen Anders, bleiben an Robert hängen.

Robert, dessen Gesicht zu einer Maske erstarrt ist. Einer grinsenden Maske. Er sieht starr geradeaus, die Schultern gereckt, dann lässt er seinen Stift fallen und lehnt sich zurück. Langsam verschränkt er die Arme vor der Brust. Sein Blick gleitet über die Klasse, Azad begegnet ihm mit einem verschwörerischen Zwinkern, Justin mit hochgerecktem Daumen, Niklas mit einem unsicheren Lächeln.

Wieczorek grinst, seine gelangweilte Miene ist jetzt verschwunden; er dreht sich zu Anders. »Und, Anders, wie sieht es aus, nimmst du die Nominierung an?«

Anders sieht immer noch aus dem Fenster, lässig hockt er da, scheint nachzudenken, vielleicht träumt er auch immer noch, wer weiß das schon? Dann, ganz langsam, wendet er sich um, sein Blick gleitet direkt zu Wieczorek hinüber. Für einen Moment herrscht Stille.

Alle warten, natürlich warten sie, dies ist ein fragiler Moment. Nimmt Anders die Herausforderung an? Eröffnet er offiziell den Wettkampf zwischen den beiden, der schon so lange im Stillen läuft?

Dann gleitet Anders' Blick weiter, hinüber zu Robert, der immer noch starr geradeaus sieht. Anders beugt sich leicht vor.

»Robert?«

Roberts Augen weiten sich leicht, dann dreht er den Kopf. »Was?«, spuckt er aus.

»Bist du gern Klassensprecher?«

Wieder herrscht Stille. Niemand weiß, was er von dieser Frage zu halten hat, nur Sanne hat eine Ahnung. Sie hört den weichen Klang in Anders' Stimme und ihre Nackenhaare stellen sich auf.

»Was ist denn das für eine bekloppte Frage?«, fragt Robert hohntriefend zurück. »Und wenn, geht es dich nichts an. Ich bin Klassensprecher, das reicht.«

»Mein Vater sagt immer, Verantwortung tragen sei wichtig und bilde den Charakter aus, auch, wenn man längst erwachsen ist«, sagt Anders ruhig und sieht wieder zu Wieczorek. »Und deshalb nehm ich die Nominierung nicht an.«

Niklas lacht auf, ein paar andere lächeln, dann beginnen Tarik und Johanna zu tuscheln. Wieczorek aber ist der Einzige, der offenbar verstanden hat, was Anders wirklich damit sagen will, er nickt und zieht einen Doppelstrich unter die drei Namen an der Tafel.

»Weise, weise«, sagt er und lächelt in sich hinein. »Anders macht seinem Namen also mal wieder alle Ehre und entscheidet sich anders. Also los, dann wollen wir mal die Stimmen abgeben. Faltet euch Zettel, aber jeder nur einen!«

...........................................

## *Pascal*

*Keine Ahnung, was Anders genau gemeint hat mit seiner Aktion. Aber eins begriff ich sofort: Robert hatte verloren. Auch, wenn er am Ende der Stunde mit knapper Mehrheit wiedergewählt wurde. Thao hätte* es fast geschafft, aber Robert hatte dann doch drei Stimmen mehr. Bei vier Enthaltungen.

Enthaltungen, und dann gleich vier. Hatte es vorher noch nie gegeben. Aber sei's drum.

Ich selber hatte Thao gewählt. Obwohl sie schon reichlich Verantwortung trägt, wenn man's so nimmt. Nämlich für drei kleine Geschwister, sechs Tage die Woche, nach der Schule bis in den Abend und morgens, glaube ich, auch. Ihre Eltern haben den einzigen vietnamesischen Imbiss hier in unserem Kaff, hat jeden Tag auf und nur montags geschlossen. Aber da hat Thao dann Chinesisch-AG.

Verantwortung tragen! Nachts musste ich da noch drüber nachdenken, als ich dann in meinem Bett lag und mal wieder nicht pennen konnte. Verantwortung tragen – hatte mein Vater jedenfalls nicht getan. Nicht, als er sich Abend für Abend einen hinter die Binde goss, meine Mutter einmal die Woche verdrosch und dann, später, auch mich. Nicht, als er so lange auf dem Sofa rumsaß, bis wir kein Hartz IV mehr kriegten und meine Mutter putzen gehen musste und monatlich Geld leihen, von Oma. Und auch nicht, als er an jenem Abend voll zugesoffen das Auto von unserem Nachbarn kurzschloss und loseierte, Nachschub holen. Und die Kurve nicht mehr kriegte und voll in die Eiche krachte, an der Straße nach Palkow, frontal mit fast neunzig Sachen.

Vielleicht hätte er auch mal Klassensprecher sein sollen. Aber wer weiß, vielleicht war er das ja mal – ich hatte keine Ahnung, was er getan oder gelassen hatte in seinem Leben. Außer dem, was er mir zeigte. Und auf das hätte ich auch gern verzichtet.

Ich hab keine Ahnung von meinem Alten. Und ich hatte nur eine leise Ahnung, was Anders genau mit seiner Aktion gemeint hatte. Und irgendwie fand ich sie gut.

Und das sagte ich ihm auch, als wir später am Fahrradständer standen. »Coole Nummer«, sagte ich. »Fand unser Klassenkönig wohl nicht so gut, oder?«

*Anders zuckte die Schultern und sah sich um. Irgendwie wirkte er unruhig, plötzlich, ziemlich nervös, und eigentlich war es kein guter Zeitpunkt. Aber ich hatte es mir eben vorgenommen und jetzt wollte ich mich auch trauen. »Soll ich noch mitkommen? Wollen wir noch mal Mathe lernen?«*

*Anders sah mich an und ich versuchte, seinem Blick standzuhalten. Und kriegte es hin. Yeah, Pickelfresse, super, machste gut! Komm, lass dich nicht unterkriegen, guck hin guck hin guck hin!*

*»Ach, nee, heute geht es nicht. Meinetwegen morgen, aber heute hab ich noch was vor«, sagte er und guckte sich wieder um, und dann sah ich, wie sich seine Augen verengten, und mir war alles klar.*

*Aber übel nehmen konnt ich's ihm nicht.*

*Eigentlich wollten wir ja beide das Gleiche.*

*Sie sehen.*

*Auch wenn ich sowieso keine Chance hatte. Aber trotzdem.*

*Und irgendwie hatte ich für einen Moment das Gefühl, irgendwie saßen wir ja auch fast im gleichen Boot. Oder in zwei Booten nebeneinander.*

*Denn, na klar, ich wollte nicht nur mit ihm mit, um Mathe zu lernen. Und auch nicht nur, weil ich so gern mit ihm zusammen war. War ich zwar, aber... ja, schuldig. Ich hatte gehofft, seine supersüße Schwester zu sehen. Aber ich hatte sie nicht zu Gesicht bekommen, und dann musste ich ja auch weg, da musste Anders mich nicht groß drum bitten – klar wollte ich nicht da sein, wenn Sanne kam. Aber jetzt wollte ich eine zweite Chance.*

*Und dann noch tausend weitere. Jeden Tag eine neue. Bis... bis... bis... bis sie wahrscheinlich eines Tages mit einem Typ an der Hand nach Hause kommen würde, wenn ich gerade im Flur rumstand. »Ach, das hier ist Steffen, hier, mein Bruder Anders. Wie, wer das ist? Wer denn? Ach der... na, der, das ist... der ist in Anders' Klasse. Sag mal, wie heißt du noch mal?«*

*So würde es kommen. Aber ich wollte es trotzdem. Masochismus pur. Hab die Prügel vom Alten wohl doch zu sehr genossen, was? Haha. Oder, mit Nelson Muntz gesagt: Ha ha!*

*Aber so richtig prickelnd ging's Anders in seinem Boot nebenan ja wohl auch nicht. Als ich ihn morgens gefragt hatte, wie es am Vortag mit Sanne dann noch gewesen war, da sagte er erst nur ein Wort: »Ging.« Und dann noch drei hinterher: »War ganz okay.«*

*Ging? War ganz okay? Also, das muss man ja nicht übersetzen, aber wenn man doch muss, dann heißt das: Mäßig bis übel. Oder: GEHT GAR NICHT.*

*Und dann verengten sich seine Augen und er sah zu, wie Sanne auf ihr Rad stieg und losfuhr.*

*Die Schöne mit wallendem Haar.*

*Und dann fuhr er selbst los, in die andere Richtung.*

*Der Edle auf zwei Reifen.*

*Und ich stand blöd da und sah ihm noch nach.*

*Sein treuer Vasall mit der Fresse voll Pickel.*

*Und über allem eine dunkle Ahnung. Düstere Wolken im Anflug. Rachsucht und Gier. Neid und Intrige.*

*Schluchz. Heul.*

*Vasall, zück die Waffe und halt sie bereit!*

*Tja, blöd nur, dass ich keine hatte.*

...........

»Es klingelt!«, ruft Nina. Als wenn Sanne taub wäre!

»Dann mach doch auf! Du stehst doch davor!«

»Mach du doch auf!«, schreit Nina zurück. »Ich kann nicht!«

Sanne hört sie wegrennen. Manchmal könnte sie ihre kleine Schwester wirklich erwürgen. Nina weiß doch genau, dass Sanne gerade auf dem Bett liegt und Mathe lernt! Jedenfalls hat sie das Buch aufgeschlagen vor sich liegen, und Nina war gerade im Zimmer und hat ihr da schon den letzten Nerv geraubt mit ihrem »Mir ist langweilig! Spielst du was mit mir? Was machst du da?«.

Es klingelt erneut. Seufzend klappt Sanne ihr Mathebuch zu und latscht zur Tür. »Blöde Ziege!«, schreit sie Nina hinterher, dann macht sie auf.

»So werde ich aber nicht gern genannt«, sagt Anders und lächelt sie an.

Sanne bekommt für einen Moment nicht gut Luft, dann schafft sie es, zurückzulächeln. »Was machst du denn hier?«

»Ich dachte, ich komm mal kurz vorbei, wenn du Zeit hast. Kann aber auch wieder gehen!«

»Wer ist denn da?«, brüllt Nina aus dem Flur.

Diesmal ignoriert Sanne sie. »Nein, komm ruhig rein«, sagt sie und macht die Tür noch weiter auf.

Nina kommt neugierig in den Flur, als Sanne und Anders fast schon bei Sannes Zimmer angelangt sind. »Hä, wer ist das denn?!«, ruft sie und Sanne könnte sie schon wieder erwürgen.

»Verzieh dich!«, zischt sie, aber Anders bleibt stehen.

»Ich bin Anders«, sagt er. »Den Namen musst du dir merken! Ich komm jetzt nämlich öfter!« Und damit lässt er die überraschte Nina stehen und folgt Sanne leichtfüßig in ihr Zimmer. Demonstrativ knallt Sanne die Tür vor Nina zu.

»Na, du traust dich ja was!«, sagt sie und nimmt schnell ihr Mathebuch vom Bett.

Anders grinst. »Na, hast du doch ein bisschen Mathe gelernt? Ich denke, das musst du gar nicht?«

Sanne kann nichts dafür, sie läuft rot an. Ihr Zimmer ist viel kleiner als Anders', zum Sitzen gibt es nur das Bett und ihren Schreibtischstuhl, also setzt sie sich selbst aufs Bett. Aber

Anders bleibt stehen. Mit den Händen in den Taschen betrachtet er die Aussicht aus Sannes Fenster – der Garten, Blumen, die alte Kinderschaukel –, dann sieht er sich im Zimmer um. An Sannes altem Tutu neben der Tür bleibt sein Blick hängen.

»Wow, machst du Ballett?«

»Früher«, sagt Sanne. »Schon lange her.«

Anders nimmt das Tutu von der Wand und betrachtet es neugierig. Dann hält er es sich vor den Leib und macht ein paar Schritte durchs Zimmer. »*Pas de basque*«, ruft er vergnügt, springt von einem Bein aufs andere und macht dann einen Schritt nach vorn. »Und ... *ballotté*!« Er winkelt ein Bein nach dem andern in der Luft an und landet dann, während er das rechte Bein ausstreckt.

Sanne starrt ihn verdutzt an. Er ist richtig gut, besser als sie selbst auf jeden Fall! »Woher kannst du das denn?«

Anders zuckt mit den Schultern, während er das Tutu wieder an seinen Platz hängt und sich dann neben Sanne aufs Bett fallen lässt. »Ich habe halt so meine Geheimnisse. Aus grauer Vergangenheit trage ich sie mit mir herum.«

»Spinner!«

Seine Augen leuchten. Sanne muss schlucken. So nah war sie ihm noch nie. Sie spürt, wie seine Anwesenheit sie mit jeder Sekunde mehr und mehr nervös macht, so als würde sich die Luft mit elektrischer Spannung aufladen. »Äh, willst du irgendwas trinken oder so?«

Anders zuckt mit den Schultern. Er lässt Sanne nicht aus den Augen. »Meinetwegen. Was hast du denn da?«

»Lass dich überraschen«, sagt Sanne und springt auf. »Ich hol was.«

Aber Anders steht ebenfalls auf und folgt ihr, durch den Flur in die Küche, wo Sanne den Kühlschrank aufreißt und blind hineinstarrt, während sie ihr Herz wie verrückt klopfen spürt. Schließlich weicht sie zurück und knallt die Tür wieder zu. Dabei streift sie Anders' Schulter und sie muss tief ausatmen. Anders sieht sie mit hochgezogenen Brauen von der Seite an.

»Alles okay mit dir?«

Sanne ringt sich ein Lächeln ab. »Ja, klar. Also, willst du ... Saft?«

»Der ist alle!«, mischt Nina sich ein, die den Kopf zur Küchentür hereingestreckt hat. »Mama bringt aber welchen mit. Bist du jetzt Sannes Freund oder wie?«

»Nina!« Sanne macht einen Schritt auf sie zu, aber Anders lacht nur.

»Erfährst du früh genug, Püppchen! Und jetzt mach dich mal davon zu deinen Teddybären oder womit auch immer du spielst!«

»Teddybären!«, sagt Nina empört, aber zumindest dreht sie sich um und verschwindet. Anders sieht Sanne an.

»Weißt du was, ich hab gar keinen Durst. Ich ... ich wollte dich einfach sehen, weißt du.«

»Oh«, sagt Sanne. »Na ... dann, äh ... Komm, wir gehen wieder in mein Zimmer. Meine Schwester ist einfach krass neugierig, die lässt uns sonst nie in Ruhe.« Schnell geht sie an ihm vorbei in ihr Zimmer zurück.

»Sanne«, sagt Anders, als sie wieder nebeneinander auf dem Bett sitzen. »Hör mal ...« Er überlegt einen Moment, dann verschränkt er seine Hände zwischen den Knien und blickt darauf nieder. »Also, tut mir leid, dass meine Eltern dich so ausgequetscht haben. War mir voll peinlich.«

»Ach, macht doch nichts. Sind halt Eltern.«

»Sind deine auch so?«

Sanne zuckt mit den Schultern. »Weiß ich nicht. Ich krieg nicht so oft Besuch von Jungs. Also, von Mädchen schon und manchmal auch von Jungs, aber dann sind das ... also, die kenn ich dann immer schon und dann hab ich ...« Sanne bricht ab.

Anders und sie sehen sich an. In Sannes Ohren rauscht es und in ihrem Bauch ist ein komisches Gefühl. Als ob ihr übel sei, dabei ist ihr gar nicht übel, das weiß sie genau. Aber es fühlt sich trotzdem so an.

Wie blau seine Augen sind!

Sanne weiß, sie sollte jetzt irgendetwas sagen, aber ihr fällt nichts ein. Absolut nichts.

Und Anders offenbar auch nicht. Er sieht sie bloß an, mit einem halben Lächeln, das auch kein richtiges ist, so wie Sannes Übelkeit keine richtige Übelkeit ist, und dann, nach einer Ewigkeit, beugen sie sich gleichzeitig vor.

Seine Lippen sind weich, unendlich weich, seine Wangen genauso. Wie kann ein Junge nur so weiche Haut haben? Sannes Hand fährt wie von selbst in seinen Nacken, auch der ist weich, seine Lippen sind weich, und seine Zunge genauso, und jetzt ist die Übelkeit weg, verschwunden, ganz und gar, hat dem Herzklopfen Platz gemacht, es füllt sie aus, füllt Sanne ganz aus, nur noch ihr Herz kann sie hören und seins dazu und seinen Atem, seinen Atem in ihrem Mund ...

»Iiiiih, ihr küsst euch ja!«, schreit Nina von der Tür, und Sanne und Anders fahren ruckartig auseinander. »Knutschiknutsch!«

........................

**Sanne**

*Manchmal hasse ich sie wirklich. Und dies war genau so ein Moment. Ich hätte sie umbringen können, echt! Miese kleine Plage!*

*Aber das Schlimmste war, dass im gleichen Moment Mama nach Hause kam. Irgendwie kriegte ich das gar nicht mit, weil ich schon hinter Nina herrannte, und Anders wiederum rannte hinter uns her, durch den Flur und die Küche rüber ins Wohnzimmer und wieder zurück, und da stand dann plötzlich Mama mit entgeistertem Gesicht und ihrem Einkaufskorb in der einen und zwei Tüten in der anderen Hand und fragte, was los sei. »Nichts! Nur dass Nina immer nur nervt!«, schrie ich, und Nina brüllte gleichzeitig: »Die knutschen! Sanne hat einen Freu-heund! Sanne hat einen Freu-heund!« Und Mama guckte total baff und starrte Anders an, und der stand bloß da und streckte die Hand aus und sagte: »Tag. Ich bin Anders«, und Nina schrie wieder: »Sanne hat einen Freu-heund!«*

*»Stimmt doch gar nicht!«, brüllte ich zurück, und Anders sah mich an und Mama sah ihn an und zog die Brauen hoch und dann sah sie mich an und dann ... dann wusste ich einfach überhaupt nicht mehr weiter.*

*Ich fand das alles nur total behämmert und zum Kotzen. Ich meine, da küsst man schon mal, das erste Mal wirklich, und dann ... dann geht alles nur schief!*

*Schließlich endete das Ganze dann damit, dass Mama Nina zum Schweigen brachte und ich Anders zur Tür, aber ich wollte dann nicht mehr groß reden und er irgendwie auch nicht. Wir guckten uns nur an, und dann fuhr er los, und als ich mich umdrehte, stand Mama da, mit einem ganz komischen Gesichtsausdruck, und dann sagte sie: »Das ist also Anders, ja?«, und dann rannte ich einfach an ihr vorbei in mein Zimmer und schloss hinter mir ab und machte den Rest des Tages auch nicht mehr auf.*

..........................................

Tilla, die Haushaltshilfe von Roberts Eltern, kommt mit einem Stapel schmutziger Wäsche aus Roberts Zimmer und tritt beflissen zur Seite, um die Jungs vorbeizulassen. »Guten Tag, Robert! Hallo, hallo! Ist frische Bettwäsche auf!«

Ihr »Robert« klingt wie »Lobert« und »frische« wie »flische«, und Justin muss sich ein Grinsen verkneifen. Tilla nickt ihm zu und läuft dann weiter, in Richtung Waschküche, die ganz hinten am unteren Flur liegt.

Niklas sieht ihr ebenfalls nach. »Sieht aus wie Thao, ist das ihre Mutter?«, fragt er und Robert schüttelt unwirsch den Kopf.

»Quatsch! Die haben doch den Imbiss! Du Vollpfosten! Nur weil die alle gleich aussehen oder was?«

»Ach ja«, sagt Niklas und sieht sich bewundernd in Roberts Zimmer um. Das macht er jedes Mal, wenn sie bei Robert sind. Niklas' Eltern sind nicht arm, jedenfalls haben sie mit Sicherheit bedeutend mehr Kohle als Justins Mutter, aber darum geht's Niklas vielleicht auch gar nicht. Vielleicht will er einfach immer das haben, was andere haben. Oder irgendwie dabei sein. War schon immer so. Niklas ist wie eine Klette, findet Justin. Eine gierige Klette. Aber ihn stört's nicht. Soll er doch. Solange er auch mal ab und zu die Fresse hält!

Roberts Zimmer ist super aufgeräumt, picobello, ungefähr so, wie Justin sich ein Hotelzimmer vorstellt. Nicht, dass er schon mal in einem gewesen wäre.

Aber da gibt es ja auch Zimmermädchen. Eigentlich wirklich unglaublich, dass normale Leute in ihren Wohnungen Putzfrauen haben wie Tilla. Und wie Justins Mutter neuerdings. Die geht jetzt ja auch putzen, allerdings in einem Büro im neuen Industriegebiet. Justin war schon zweimal mit, ihr helfen, aber das wird er sich hüten rumzuerzählen. Aber eigentlich findet er es ja gut, dass seine Mutter arbeiten geht. Da sitzt sie nicht mehr nur rum und jammert.

Robert schmeißt seinen Rucksack aufs frisch gemachte Bett, das an der Ecke ordentlich aufgefaltet ist, streift seine Turnschuhe ab und haut sich in seinen hypermodernen Drehstuhl. Justin setzt sich aufs Sofa und streckt die Beine von sich, während Niklas sich den Drehhocker heranzieht und neugierig zusieht, wie der PC hochfährt.

»Wollen wir mal gucken, wer on ist?« Niklas langt nach Roberts Tastatur, aber Robert stößt ihn weg.

»Hau ab da! Hast du mich gefragt oder was?«

»Nee, sorry«, sagt Niklas, aber sein Blick fliegt schon unruhig über den Bildschirm, auf dem jetzt die Netzwerkmaske aufgetaucht ist. »Guck mal – Tarik ist on. Und Azad und Tuana. Die chatten bestimmt, die beiden!«

Robert drückt ein paar Tasten und seine Facebookseite erscheint. Schnell tippt er die neueste Nachricht ein – dass er erneut zum Klassensprecher gewählt worden ist. Ein Foto von sich in Siegerpose stellt er auch noch dazu.

»Cool!«, sagt Niklas bewundernd. »Obwohl, war ja knapp, was?«

»Was?«, schnappt Robert zurück. »Was war knapp?«

»Na, die Wahl. Aber immer noch klar«, sagt Niklas beschwichtigend, als er Roberts Blick sieht.

»Na, für eine Imbissbutze braucht man keine Führungsqualitäten«, sagt Robert hämisch und Niklas lacht.

»Was meinst du, hätte Anders viele Stimmen gekriegt?«, fragt er.

Justin auf dem Sofa kann nur den Kopf schütteln. Niklas ist einfach zu dämlich manchmal. Wie kann er so was nur fragen, und dann auch noch Robert! »Eins in die Fresse hätt er gekriegt«, ruft er schnell und Robert grinst zu ihm herüber.

»Nee, wieso, wir haben doch eine Demokratie, da darf doch jeder mal ran«, brummt er beschwichtigt und tippt ein paar Tasten. Auf dem Bildschirm erscheint die Google-Suchmaske.

»Jeder mal ran!«, lacht Niklas, wie üblich ein bisschen zu spät. Dann zieht er die Nase kraus. »Hä, was machst du denn da? Ich dachte, wir wollten noch mal Mathe?«

»Ich guck nur was«, sagt Robert. »He, ist euch schon mal aufgefallen, dass der Typ nirgendwo auftaucht? Ist 'ne totale Nullnummer.«

»Hä?«, fragt Niklas noch mal, aber Justin kann sogar vom Sofa aus erkennen, dass Robert Anders' Namen in die Suchmaske eingegeben hat und jetzt die Suchergebnisse herunterscrollt. »Gibt's nicht«, sagt er. »Den gibt's gar nicht. Aber ich hatte da was gefunden, wartet mal ...«

Er tippt ein paar Worte neu ein, dann beugt er sich vor. »Da!«

»Hä? Das ist er doch, oder?« Niklas beugt sich ebenfalls vor.

»*Kieler Segeltalent: Svea Jaspersen belegte mit ihrer Partnerin Nike Büter aus Kronshagen den 2. Platz*«, liest er laut vor. »Ach nee, doch nicht. Aber seine Zwillingsschwester oder was?«

Robert zuckt mit den Schultern und tippt erneut ein paar Worte ein.

»Schon wieder!«, sagt Niklas. »Mann, die ist aber gut! Schon wieder der zweite Platz. Von wann ist das denn?«

Robert klickt und klickt, fast wütend sieht es aus, wie er in die Tasten haut. »Find ich nicht«, sagt er trocken.

»Doch! Da! Nee, das ist ja ... das ist von vor drei Jahren, guck mal. Und da ist sie Erste! Genial. Voll das Talent!« Niklas klingt richtig begeistert. »Ist ja irre. Die sieht ja voll aus wie Anders!«

Jetzt kann Justin nicht anders, er muss sich doch von seinem Sofaplatz hochhieven und nachsehen, was die beiden da anstarren, Robert mit finsterem Blick und Niklas mit unverhohlener Bewunderung.

Auf dem Bildschirm ist ein Foto zu sehen, auf dem ein Mädchen breit in die Kamera grinst. Die Ähnlichkeit mit Anders ist kaum zu fassen, wenn die etwas längeren Haare nicht wären …

»*Endlich ganz oben auf dem Treppchen: Svea Jaspersen (14) aus Kiel*« lautet die Bildunterschrift.

»Irre, was?«, sagt Niklas schon wieder, aber Justin liest schon weiter: »*Riesentalent Svea belegte bei den Internationalen Deutschen Jüngsten-Meisterschaften der ›Teeny‹-Boote gemeinsam mit ihrer Partnerin Nike Büter den ersten Platz. Bereits in den beiden vorigen Jahren waren die beiden äußerst erfolgreich; nach zwei zweiten Plätzen gelang ihnen diesmal der Sprung ganz oben aufs Siegertreppchen. Der Teeny wird von jungen Seglern im Alter von 8 bis 15 Jahren gesegelt, hat aber seinen Namen wegen seiner Bootslänge erhalten.*«

»Von wann ist das denn?«, fragt Justin interessiert.

»Vorletztes Jahr«, knurrt Robert.

»Und letztes?«

»Wie, letztes?« Robert blickt mit hochgezogenen Brauen auf. Justin zuckt mit den Schultern.

»Na, ob sie letztes Jahr auch gewonnen haben. Guck doch mal nach. Gibst du die Zeitung ein, aus der das stammt, und dann Jüngsten-Meisterschaften, und dann …«

Robert schnauft unzufrieden, aber er gibt genau das ein, was Justin ihm diktiert hat. Auf dem Bildschirm erscheint erneut ein Foto. Alle drei sehen sofort, dass Anders' Schwester nicht dabei ist. Nike Büter schon, aber mit einer anderen Partnerin. Sechste sind sie geworden.

»Tja, war wohl nichts«, sagt Justin und lacht. Aber keiner lacht mit.

Robert sucht noch ein bisschen herum, aber über Svea Jaspersen ist nichts mehr zu finden. Außer dem Verweis auf einen Zeitungsartikel vom letzten Jahr: »*Nachwuchstrainer zu zwei Jahren und drei Monaten Haft verurteilt*«.

»Hä, und was hat das mit Anders' Schwester zu tun?«, fragt Niklas.

»Keine Ahnung. Warte mal.« Robert klickt den Artikel an und überfliegt ihn kurz. »Hier steht, dass der Typ wegen Betrugs und Unterschlagung verknackt wurde. *Trainierte am Stützpunkt Kiel den Segelnachwuchs, aus dem zahlreiche höchst erfolgreiche Sportlerinnen und Sportler wie die Vizemeister im Einhandsegeln, Jöns Utersen und Patrick Sellerbeck, und die Jugendmeisterin im Teeny-Segeln, Svea Jaspersen, hervorgingen.* Ach so, abgezockt hat der also. Wahrscheinlich konnten sie hinterher das Boot nicht mehr reparieren und deshalb ist die gute Svea nicht mehr Erste geworden. Na ja, wenn's weiter nichts ist!« Er lacht, und Niklas lacht auch, obwohl er bestimmt nicht die Bohne kapiert hat, so angestrengt, wie er guckt.

Aber sonst findet Robert nichts. Und über Anders sowieso nicht.

Dafür aber findet er etwas anderes: ein Foto von Anders' Vater mit seinen drei Töchtern Signe, Siv und Svea. Der Typ ist blond und trägt eine Brille, und eins der Mädchen, das mittlere, hat Justin irgendwie auch schon mal gesehen. Es hat Ähnlichkeit mit Anders, genau wie Svea. Aber das andere Mädchen nicht.

»Ja, wie, und wo ist Anders?«, fragt Niklas mit gerunzelter Stirn.

»Das ist die große Frage!« Robert klopft mit seinem Stift auf den Tisch, während er nachdenkt.

Aber jetzt hat Justin langsam die Nase voll von der Rumsucherei. Robert ist irgendwie richtig besessen von der Geschichte mit Anders, das nervt allmählich. »Scheiß doch auf Anders!«, sagt er. »Sagt mal, was ist denn eigentlich mit Samstag? Die Party im Jugendtreff? Da gehen wir doch hin, oder?«

»Logisch«, sagt Robert und nickt. Aber in Gedanken, das ist deutlich zu sehen, ist er immer noch woanders. Dann tippt er erneut ein paar Worte ein und lacht zufrieden auf. »Hier«, sagt er und schwingt herum, »kann mir das mal einer erklären?«

Justin starrt auf die Seite, die sich auf dem Bildschirm geöffnet hat: *Institut für Sexualforschung. Endokrinologie*, steht obendrüber. »Endo-was?«, fragt er. »Kenn ich nicht. Was ist das denn?«

»Die Lehre von den Hormonen«, sagt Robert lässig. »Die sind da mit Leuten zugange, bei denen die Hormone irgendwie abartig sind. Zwerge und so. Und Zwitter.«

»Hä? Zwerge?«

Robert nickt überlegen. »Zwerge sind Zwerge, weil die Wachstumshormone irgendwie fehlen«, erklärt er. »Wusstest du nicht, was?«

Justin nickt, wenig beeindruckt. »Ja und? Was soll das jetzt?«

»Dieser Eintrag«, sagt Robert gewichtig, »der kommt, wenn du den Namen Jaspersen, Kiel eingibst. Hier: *Selbsthilfegruppe betroffener Familien. Kontakt über Dr. C. Jaspersen.* Möchte mal wissen, warum?«

»Vielleicht ist der ein Zwerg?«, fragt Justin und muss grinsen. Aber Robert grinst nicht mit. Stattdessen sieht er leicht sauer aus.

»Nee, ist er nicht, sieht man doch auf den Fotos. Aber irgendwas hat er damit zu schaffen. Fragt sich bloß, was!«

Aber jetzt hat Justin endgültig genug. »Keine Ahnung«, sagt er und richtet sich auf. »Vielleicht ist das ja auch ein ganz anderer Typ und der heißt bloß auch so. Aber ich muss jetzt mal los. Meine Mutter wollt heut was kochen.«

Robert kneift die Lippen zusammen. Justin sieht, dass er sauer ist, aber es ist ihm egal. Er will jetzt wirklich los. Und Roberts Gerede reicht ihm heute auch wirklich.

Robert sieht einen Moment lang mit zusammengekniffenen Augen zu ihm hoch, dann hievt er sich auch aus seinem Stuhl. »Okay, dann hau ab. Ich komm eben mit hoch«, sagt er knapp.

Niklas sieht überrumpelt aus, aber er erhebt sich ebenfalls. Gemeinsam laufen sie die Treppe hoch, Robert zuerst. Justin kann ihm sogar von hinten ansehen, dass er immer noch sauer ist.

In der Küchentür erscheint Roberts Mutter, ein eifriges Lächeln im Gesicht. »Robsy, mein Schatz! Hallo, Jungs. Bleibt ihr zum Abendbrot? Es ist sicher genug für alle da, Tilla hat Hühnchen in Mangosoße gemacht!«

»Nee, danke, wir müssen los«, sagt Justin.

Roberts Mutter nickt und faltet die Hände. Ein komisches Bild, findet Justin, als würde sie beten.

Gerade als Robert die Haustür öffnen will, geht sie von außen auf und Roberts Vater steht da. Mit gerunzelter Stirn sieht er die drei Jungs der Reihe nach an.

»Hi, Papa«, sagt Robert lahm, während Niklas und Justin grüßen.

»Guten Abend, die Herren. Ihr seid im Gehen begriffen? Und was ist mit dir?«

»Na, ich bleib hier. Muss noch Mathe üben.« Robert wendet sich um, aber sein Vater ist noch nicht fertig mit ihm.

»Robert.«

Robert dreht sich wieder um. Justin kann den ängstlichen Ausdruck in seinen Augen erkennen, komisch, das ist ihm vorher noch nie aufgefallen, wie Robert seinen Vater anguckt. Aber wahrscheinlich hat er bloß nicht drauf geachtet. »Ja?«

»Wo bitte ist denn eigentlich das Referat, das du mir vorlegen wolltest? Das über die Sexualstörungen?«

Roberts Miene erstarrt. Er erwidert den Blick seines Vaters nur für einen Moment, dann schlägt er die Augen nieder. »Ist in Arbeit«, sagt er und streckt eine Hand aus, um Niklas zur Tür zu schieben. »Also dann, ej, bis morgen.«

Als Justin sich noch einmal umsieht, kann er hinter der geschlossenen Glastür nur noch einen Schatten erkennen: Roberts Vater.

Tja, er selbst hat ja keinen mehr vorzuweisen, aber vielleicht, wenn er's sich recht überlegt, ist das ja auch gar nicht so schlecht. So ohne Vater.

## Kapitel 8

# FOTOFALLE

Eine ganz besonders schräge Stimmung liegt an diesem Donnerstag in der Luft, das spürt Pascal sofort, als er das Klassenzimmer betritt. Irgendwas ist los, und zwar nicht nur an einer Front, sondern an mehreren. Zum Beispiel bei Tuana und Azad, die sich anstieren, als würden sie sich am liebsten auffressen. Wenn Pascal einen Tipp abgeben müsste, würde er sagen, die beiden haben gestern das erste Mal miteinander geschlafen. Aber was weiß er schon? Vielleicht ist das auch nur projiziertes Wunschdenken.

Aber dass Anders und Sanne irgendein Ding miteinander am Laufen haben, ist auf jeden Fall klar. Die beiden lächeln sich von Zeit zu Zeit schüchtern an und sitzen ansonsten vollkommen in sich versunken da, in den ersten beiden Stunden Biologie sowieso, aber auch in Ethik, wo es erneut um Definitionen geht. Unangenehmes Thema, findet Pascal. Nach Freundschaft ist jetzt Hass dran, aber das scheint keinen so recht zu interessieren. Nicht einmal Robert, der eindeutig etwas mit sich herumträgt. Er sieht ständig in seinen Ordner, in dem er irgendetwas vor den Augen der anderen verbirgt, dann wirft er seltsame Blicke zu Anders hinüber und grinst immerzu in sich hinein.

Es ist nur eine Frage der Zeit, wann die Bombe hochgeht. Und sie geht hoch, in der großen Pause.

»Anders, warte mal!«, ruft Robert, als die Hälfte der Klasse schon draußen ist und Anders sich gerade aus der Bank hievt, nachdem er einen weiteren sehnsüchtigen Blick zu Sanne geworfen hat.

Die anderen, die noch im Klassenzimmer sind, bleiben natürlich ebenfalls stehen. Stress mit Robert und Anders ist immer spannend, das will keiner verpassen.

»Was ist denn?«, fragt Anders betont gelangweilt, während er seine Hefte einpackt. Robert sieht sich noch einmal um, vergewissert sich, dass Ethik-Schrader schon zur Tür hinaus ist, dann schiebt er sich näher an Anders heran und setzt sich mit einer Pobacke auf dessen Tisch.

»Anders, der Mann ohne Vergangenheit«, sagt er und seine Augen verengen sich leicht, während er Anders betrachtet. »Kann ja nicht sein, oder? Jeder hat doch eine.«

Anders starrt ihn eine Sekunde zu lang an, dann legt er ein weiteres Heft in seinen Rucksack und schließt den Reißverschluss. »Hast du ein Problem?«

»Nee, aber du vielleicht.« Robert hebt ein paar Papiere hoch. Fotos anscheinend. »Bist du eigentlich unehelich oder was?«

Jetzt verengen sich Anders' Augen ebenfalls. »Du hast offenbar doch ein Problem.«

Robert übergeht das, siegessicher sieht er zu Justin, Tarik, Niklas und den anderen hinüber, die sich jetzt in einigem Abstand um ihn und Anders geschart haben, wartend und neugierig zugleich. Auch Sanne steht noch im Klassenraum, dicht an der Tür. Ihr Blick ist besorgt. Pascal versucht, ihr beruhigend zuzulächeln – immerhin steht er ja auch noch da, dicht neben Anders –, aber sie hat nur Augen für Anders. Es ist, als würde sie sein Gesicht mit ihren Blicken abtasten, behutsam und wachsam zugleich. So hat noch nie jemand Pascal angesehen, das weiß er genau.

»Erklär mir doch mal was«, sagt Robert und lässt die Fotos auf den Tisch fallen. »Und zwar das hier.«

Anders schiebt die Fotos auseinander, hält inne, dann blickt er auf. »Und? Was verstehst du daran nicht?«

»Verheiratet, drei Kinder. Steht überall im Netz über deinen Alten. Und du? Hat er dich unterschlagen oder wie?«

Anders starrt ihn einen Moment lang an, denn wischt er mit einem Ruck die Fotos vom Tisch. »Geht dich einen Scheißdreck an«, sagt er gepresst und wirft sich den Rucksack über die Schulter. »Beschissener Schnüffler! Such doch weiter, du Arsch. Sind eben nicht alle so leicht zu durchschauen wie du.«

Es ist das erste Mal, dass er aus der Rolle fällt, und alle im Raum halten den Atem an.

Aber Robert geht nicht auf Anders los, wie Pascal im ersten Moment befürchtet. Stattdessen bleibt er vollkommen lässig auf Anders' Tisch sitzen und grinst weiter. »Siv, Signe und Svea Jaspersen«, sagt er und nickt zu den Fotos hinunter. »Da sind sie, alle drei. Aber wo ist denn unser kleiner Anders?«

»Leck mich«, sagt Anders und schiebt sich an ihm vorbei. Und er ist schon einen Schritt hinter Robert, als Robert nach seinem Rucksack greift und Anders daran hart zu sich herumreißt. Mit der anderen packt er Anders' Kragen und zerrt ihn zu sich heran.

»Erzähl doch mal«, sagt er, immer noch grinsend. Sein Gesicht ist dicht vor Anders', und Pascal sieht den üblen Würgegriff, in dem er Anders nun festhält, dicht vor seinem Gesicht. Den Griff kennt er gut. Er springt auf und legt die Hand auf Roberts Schulter.

»He, Robert, das reicht jetzt!«

Robert fährt herum und Anders springt zurück. »Was denn, was denn? Hat die kleine Schwuchtel hier plötzlich auch was zu melden? Na logisch – ihr beiden hängt ja immer zusammen rum und zeigt euch eure Minischwänze!«

Für einen Moment kann Pascal sich nicht rühren. Er hört nur das Lachen, das Lachen der anderen: erschrocken, belustigt, kurz. Dann sieht er, wie Anders hinter Roberts breiten Schultern weiß im Gesicht wird. Er holt tief Luft und stützt sich an der Bank ab. Siedend heiß fällt Pascal ein, dass Anders ja einen Herzfehler hat. Das fehlt gerade noch, dass er jetzt zusammenklappt! Wegen so einer Scheiße!

Aber so richtig darum kümmern kann er sich nicht, denn im selben Moment stößt Robert ihm vor die Brust und Pascal stolpert rücklings gegen seinen eigenen Stuhl. Einen Augenblick lang hängt er in der Luft, dann kracht er mitsamt seinem Stuhl gegen die Bank dahinter. Die Tischkante knallt ihm unsanft in den Rücken, mit einem Schmerzensschrei donnert er zu Boden und kommt halb auf seinem eigenen Stuhl, halb auf seinem Rucksack zu liegen.

Für einen Moment sieht er Sternchen und hört, wie ein Mädchen laut auflacht, dann sieht er Sannes und Anders' besorgte Gesichter über sich und gleich darauf wird er hochgezogen.

»Hast du dich verletzt?«, fragt Sanne. Hinter ihr verlassen die anderen gerade den Raum, Robert als Letzter, und Pascal kann sogar von hinten sehen, dass er lächelt.

Pascal schüttelt wortlos den Kopf, während er sich die schmerzende Hüfte reibt. »Nee, schon gut«, sagt er.

Anders blickt ihn stumm an, er ist immer noch weiß im Gesicht.

Pascal ist es ja gewohnt, dass er als Schwuchtel beschimpft wird, aber Anders offenbar nicht. »Mach dir nichts draus«, sagt er. »Scheiß doch drauf. Robert hat einfach eine Macke.« Er verkneift sich ein Stöhnen und streckt sich. Tut höllisch weh, aber immer noch besser als ein gezielter Faustschlag, findet er. Doch aus dem Alter ist sogar Robert mittlerweile endgültig heraus.

Als Pascal sich zur Tür dreht, sieht er, dass Sanne die Fotos aufgehoben hat und nachdenklich betrachtet. Pascal beugt sich vor, wobei ihm unwillkürlich doch ein Stöhnen entweicht. Es sind drei Stück, auf einem ist ein blonder Typ mit Brille zu sehen, unverkennbar Anders' Vater, auf einem anderen ein kleines Mädchen, das original aussieht wie Anders, nur mit längeren Haaren und jünger, und auf dem dritten ist dasselbe Mädchen zusammen mit Signe und einem älteren, dunkelhaarigen Mädchen abgebildet.

Wie niedlich Signe aussieht. Unglaublich.

Und so im direkten Vergleich – noch niedlicher als Sanne.

Oder: als Sanne früher aussah.

Seit wann findet er eigentlich, dass Sanne gar nicht mehr so niedlich aussieht? Nur noch ganz gut?

Sanne hält Anders die Fotos hin. »Das ist doch deine kleine Schwester? Also die, die gestorben ist?«, fragt sie.

Pascal sieht verwundert zu Anders. Davon hat er ja noch nie gehört! Aber Anders zuckt nur mit den Schultern und wendet sich ab. Dann verlässt er wortlos den Raum.

Sanne wirft die Blätter auf Roberts Tisch und folgt ihm, ohne einen Blick zu Pascal.

Mr. Unsichtbar, klar. Aber für einen Moment war er es gerade ja nicht.

Pascal tritt zum Tisch, dann nimmt er die Blätter wieder auf. Für einen Moment zögert er, dann steckt er sie ein.

..................................................

**Justin**
*Robert kriegte sich die ganze Pause über nicht mehr ein, aber diesmal war er megagut drauf. »Cool, was? Habt ihr das gesehen, wie klein mit Hut der auf einmal war? Und sonst die große Fresse!«*

*Große Fresse, also, das passte nicht so ganz, fand ich. Der hatte keine große Fresse, vielleicht so ein Gesicht, als hätte er eine. Aber große Fresse, nee. Und irgendwie ging mir das alles langsam auf den Zünder. Und sowieso, ich weiß auch nicht, Wunder was Robert da rausgefunden haben wollte. Waren halt Fotos von Anders' bebrillten Sesselpupser-Alten und seinen drei Töchtern, na und?*

*Aber Niklas, der Vollpfosten, kapierte mal wieder gar nichts. »Was ist denn nun mit den Fotos?«, fragte er. »Ist da Anders jetzt drauf oder nicht?«*

*Robert starrte ihn an, während er sein Kaugummi so heftig kaute, als müsste er Steine zermahlen. »Mann, du Hirni. Das ist doch die Frage! Wo ist Anders? Auf den Fotos jedenfalls nicht. Das heißt, er kommt irgendwo anders her. Und ich wette, der ist gar nicht der richtige Sohn von seinem Alten. Da steckt was anderes dahinter. Irgendwas stimmt nicht mit dem, wetten?«*

*»Wie, was denn?«, fragte Azad, der jetzt mit Tuana im Arm um die Ecke bog. Auch so ein Vollpfosten! Als wenn man irgendwelche Dinge besprechen könnte, wenn ausgerechnet diese Tussi dabeistand! »Was meinste denn, Alter?«*

*Robert stierte ihn an, dann stierte er Tuana an und dann mich. Niklas stierte er nicht an, kein Wunder. Über den guck ich ja auch meistens drüber. Ist einfach zu doof manchmal, die Type! »Wenn ihr mich fragt«*, sagte Robert und verschränkte die Arme, »*dann ist Anders entweder irgendeine Auswärtsbrut von seinem Alten und gnädigerweise aufgenommen bei denen, oder ...«*

»*Ja was oder, Alter?*« *Azads Augen glitzerten neugierig. Das Glitzern kenn ich. Ist auch nicht mit zu spaßen, mit dem, wenn dem seine Augen so glitzern.*

»*... oder Anders ist überhaupt kein Anders, sondern die kleine Blonde da auf den Bildern.« Robert grinste uns der Reihe nach an.*

»*Hä?«, machte Niklas.*

*Azad und Tuana guckten blöd, und ich, ich guckte wahrscheinlich genauso.*

»*Mann, kapiert ihr's nicht oder was? Ich wette, der ist eine Tussi. Der hat gar keinen Schwanz!«*

*Jetzt guckten Azad und Tuana noch blöder. Ich musste kurz mal die Lage checken. Was quatschte Robert da? Anders sollte kein Typ sein? Ehrlich gesagt, für einen Moment hab ich geglaubt, dass Robert nicht mehr ganz sauber tickt.*

*Obwohl, klar ... bisschen mädchenmäßig kam der schon rüber, mit seinen blonden Haaren und dem weichen Gesicht und so. Aber andererseits – er hatte echt breite Schultern, schmale Hüften, und er ging auch nicht wie ein Mädchen, einfach nur ziemlich ... ziemlich geschickt oder so, keine Ahnung. Aber ein Mädchen ...*

»*Nee, Robert, jetzt echt«, sagte ich. »Jetzt hör aber mal auf, echt. Der ist doch kein Mädchen, wie soll das denn gehen? Und jetzt lass doch mal gut sein. Der ist doch ... der zählt doch gar nicht. Was lässt du dich denn dauernd von dem nerven? Ist doch voll die Zeitverschwendung.«*

»*Ich kann den einfach nicht ab«, sagte Robert. »Der regt mich auf.«*

*Konnte ich verstehen. Anders ging mir ja auch tierisch auf den Zünder. Also seine lässige Art, irgendwie hatte der was übelst Arrogantes an sich. Und dann auch sowieso – einfach ein komischer Typ. Auf den die Mädchen nun mal leider standen. Auch Sanne.*

*Das war's ja wohl, was Robert am meisten anpisste, oder? Aber jetzt meldete sich Azad auch noch mal zu Wort. »Da hilft nur eins, oder?«, sagte er, drehte Tuana mit einer schnellen Bewegung halb um und rieb sich grinsend an ihrem Hintern. »Da hilft nur: in die Hose gucken, oder?« Er lachte und machte ein paar echt gemeine Fickbewegungen an Tuanas Hintern, und die kreischte und machte gleichzeitig die Beine noch ein Stück weiter auseinander. Mann, Mann, Mann, keine Manieren, die Jugend heutzutage, was?*

*Ich hätte auch nichts dagegen gehabt, mich mal an Tuanas hübschem Hintern zu reiben. Absolut gar nichts.*

*Aber Robert guckte nicht mal hin. »Genau«, sagte er und starrte in die Luft. »In die Hose gucken, ganz richtig. Wär ja gespannt, was man da sieht.«*

*Also, ich war's nicht. Mich interessiert nicht, was andere Typen in der Hose haben. Das war einmal, als Mini, da haben wir immer unsere Pimmel verglichen. Aber aus dem Alter war ich raus, echt, oder? Mich interessierte jetzt nur noch, was Mädchen in der Bluse haben. Und es wurde mal Zeit, dass mich endlich mal eine ranließ.*

........................

»Warum warst du denn vorhin so schnell weg?«, fragt Sanne und setzt sich in Anders' Sessel.

Anders zuckt mit den Schultern. »Keine Lust mehr auf den Haufen.«

»Wie war denn deine alte Klasse eigentlich? In Kiel?« Sanne stützt die Ellenbogen auf ihren Knien auf. Anders' Gesicht verhärtet sich, er sieht auf seine Hände runter, dann blickt er hoch.

»Ganz okay«, sagt er und betrachtet Sanne mit einem Blick, den sie nicht recht deuten kann. »Ein paar waren sehr okay, ein paar nicht so. Aber insgesamt völlig okay.«

»Hast du denn noch Kontakt mit denen?«

Anders lässt sich nach hinten auf die Ellenbogen fallen. »Nein«, sagt er knapp.

»Und wieso nicht?« Sanne kann sich das gar nicht vorstellen. Wenn sie jetzt wegzöge, würde sie bestimmt Kontakt halten. Mit Tuana und Thao und bestimmt auch mit ein paar anderen. Mit Tuana aber auf jeden Fall. Obwohl, wenn sie an die letzten paar Wochen denkt, dann ist sie ja nicht gerade besonders dicke mit Tuana. Aber das ändert sich bestimmt auch wieder, wenn Tuana erst mal genug von Azad hat.

Sanne sieht Anders an, der ihren Blick erwidert, und plötzlich merkt sie, dass sie ihre eigene Frage vor lauter Nachdenken fast vergessen hat. »Und wieso nicht?«, wiederholt sie. Aber Anders antwortet nicht. Stattdessen klopft er neben sich aufs Bett.

»Komm mal her, Sanne«, sagt er. Seine Stimme klingt leise und rau und Sanne durchfährt ein Stromstoß aus Lust und Angst; ein sehr merkwürdiges Gefühl. Wie gelähmt bleibt sie im Sessel sitzen und sieht Anders an, der jetzt den Kopf schief legt und noch mal neben sich klopft.

»Komm doch mal her«, sagt er erneut, und dann müssen sie beide lächeln und Sanne steht auf und setzt sich neben ihn. Die paar Schritte kommen ihr vor wie Kilometer, ihre Beine sind ein bisschen zittrig; sie hat das Gefühl, wie ein Plumpssack neben ihn zu fallen, und als sie endlich sitzt, ist da auf einmal kaum noch Luft in ihren Lungen.

Anders lehnt aufgestützt neben ihr, schweigend; er sieht nicht einmal hoch und Sanne kann seinen Kopf von oben sehen. Sein Haar sieht weich aus und sehr hell und seine Nasenflügel beben leicht, das kann sie gut erkennen. »Und jetzt?«, fragt sie und hört überrascht, dass ihre Stimme heiser klingt.

Anders schweigt immer noch, er bewegt sich nicht. Auch Sanne bewegt sich nicht; von draußen ist Motorengeräusch zu hören, jemand ruft etwas, ein Kind lacht. Die Zeit steht still, alles steht still. Dann hebt Sanne eine Hand und berührt Anders' Oberarm, und damit ist alles entschieden. Anders dreht ihr den Kopf zu, seine Augen sind hell, so unglaublich hell.

Später kann Sanne nicht sagen, ob er zu ihr hoch-, oder sie zu ihm heruntergerutscht ist, aber plötzlich liegen sie nebeneinander auf dem Bett, ihre Hände sind überall auf ihm und seine auf ihr, und sie kann ihn riechen und fühlen und schmecken, seine Lippen schmecken süß und weich und bitter zugleich, wie Orangen, komisch; auf einmal muss sie an Orangen denken, saftige, köstliche Orangen. Sie pressen sich aneinander und Sanne kann seine Weichheit spüren und auch etwas gar nicht so Weiches dazu, und als sie sich noch enger an ihn drängt und ihn küsst und er sie, hört sie ein Rauschen und dann noch ein Stöhnen, und erst, als er sie leicht von sich wegschiebt, versteht sie, dass es aus ihrem eigenen Mund gekommen ist.

»Sanne!«, flüstert er und zieht ihre Hand aus seinem Hosenbund. »He, Sanne, warte mal.«

Aber sie will nicht warten, will absolut nicht warten. Sonst immer, bei Robert wollte sie warten, bei Steven, dem anderen Jungen, mit dem sie geknutscht hat, auch. Aber jetzt nicht, nicht bei Anders! »Was denn?«, fragt sie und sieht sein Gesicht, und da versteht sie, dass ihr jetzt aber nichts anderes übrig bleibt, als zu warten. »Was ist? Kommen deine Eltern?«

Er schüttelt den Kopf. Meine Güte, hat er krass lange Wimpern! »Nee, Sanne. Aber das ... das geht nicht!«

»Wieso nicht?«

»Ich bin ... ich bin nicht so wie andere Jungs, Sanne.«

»Das weiß ich doch«, flüstert sie und muss wieder lächeln. Sanft berührt sie seine Wange. »Erstens bist du unglaublich weich. Und außerdem bist du etwas ganz Besonderes. Sowieso.«

Anders' Augen verdunkeln sich und er schiebt ein Kissen in seinen Nacken. »Nein. Ich bin anders.«

»Ja, klar.« Sannes Hand fährt wie von selber seinen Hals hinunter bis zu seinen Schultern und noch weiter, aber er hält sie fest. »Schöner Name.«

»Nein, ich meine, ich heiß nicht nur so, ich bin anders.«

Sanne hört die Dringlichkeit in seiner Stimme und plötzlich wird ihr mulmig zumute. In ihrem Bauch kitzelt es, aber sie versucht jetzt, nicht darauf zu achten. »Wieso, was meinst du denn?«

»Ich hab nicht nur ...«

Sanne sieht, dass er mit sich ringt. Ob er ihr jetzt sagen wird, dass er sie doch nicht gut findet?

»Also, das mit Svea ... die ist nicht gestorben«, sagt er leise.

Wieso in aller Welt fängt er jetzt mit seiner Schwester an? Die Enttäuschung fährt Sanne wie ein kalter Waschlappen über den Bauch. »Nein? Und wo ist sie jetzt? In Kiel geblieben?«

Anders schüttelt den Kopf. »Nein«, sagt er. »Weg. Und hier.« Und dann deutet er auf seine Brust.

Sanne sieht ihn an, seinen Finger, der auf seine Brust zeigt. »Hier?«, fragt sie langsam und rückt ein Stück von ihm ab. »Was soll das heißen? Dass du sie nicht vergisst oder wie?«

Anders lächelt, aber nur ganz kurz. »Das auch«, sagt er. »Aber nicht nur. Also, ich bin irgendwie Svea. Aber irgendwie auch nicht.«

»Willst du mir jetzt ...« Sanne stockt der Atem bei dem Gedanken, den sie jetzt gleich aussprechen wird, und sie muss neu ansetzen. »Willst du mir jetzt sagen, dass du eigentlich ein Mädchen bist oder was?«

»Nee, eben nicht!« Anders schüttelt den Kopf, was nur schwer geht im Liegen. »Aber ich war mal eins. Fast.« Er setzt sich auf.

Sanne setzt sich ebenfalls auf. Wie zwei Sünder sitzen sie nebeneinander auf der Bettkante, mit zwischen den Knien gefalteten Händen.

»Versteh ich nicht«, sagt Sanne nach einem Moment. »Red doch mal Klartext jetzt, Anders.«

Anders denkt kurz nach. »Willst du alles hören?«, fragt er dann leise. »Oder lieber gar nichts? Das geht auch. Dann gehst du einfach und alles ist okay und wir vergessen das Ganze.«

Seine Stimme klingt leicht brüchig und Sanne braucht nicht nachzudenken. Aber angucken kann sie ihn jetzt auch nicht. »Nein«, sagt sie. »Das kann ich nicht. Erzähl.«

Anders schluckt hörbar. »Ich bin ... als ich geboren wurde, da hatte ich beides. Also, beide Geschlechtsteile. Männliche und weibliche. Konnte man nicht so richtig sehen, als ich so klein war.« Er zuckt mit den Schultern, als müsste er sich dafür entschuldigen. »Aber dann ... Du kannst ja schlecht sagen, wir wissen nicht, ob das Kind nun ein Junge oder ein Mädchen ist, oder? Eins muss man ja sein in unserer Gesellschaft, und da haben meine Eltern sich entschlossen, alles erst mal so zu lassen und mich als Mädchen aufzuziehen.«

»Okay«, sagt Sanne vorsichtig. Beides? Beide Geschlechtsteile? Aber sie hatte doch gerade eindeutig gespürt, dass er das zwischen den Beinen hat, was alle Jungs da haben. Ja, klar, Roberts Ständer hatte sie viel deutlicher gespürt, aber da war doch eindeutig gerade was gewesen, oder? Und Anders' Brust ist doch ganz platt! Sanne ist sich nicht sicher, ob sie alles versteht, was er ihr sagen möchte, aber fürs Erste hört sie einfach mal zu.

»Und dann ... dann war aber irgendwie schon klar, dass ich kein ›richtiges Mädchen‹ bin, was auch immer das ist«, sagt Anders. »Aber ich hatte halt ... Ich sah untenrum halt irgendwie anders aus als die anderen Jungs. Mir fehlte da was, jedenfalls in Normalgröße.« Er lächelt schief. »Also, das heißt, ich hab schon alles, was man haben muss als Typ, nur eine Nummer kleiner als die anderen. Aber weil man bei mir nun mal das Kreuzchen bei ›Mädchen‹ gemacht hatte, dachten eben auch alle, ich sei eins. Und bei Kindern sieht man das ja von außen nicht so, das kann man ja ganz oft nicht sehen, ob das nun ein Junge oder ein Mädchen ist, wenn sie Klamotten anhaben. Jedenfalls wurde irgendwann klar, dass was passieren muss. Dass alle falschgelegen hatten, dass ich eben kein Mädchen war, sondern ein Junge. Das wurde immer deutlicher. Und ich fühlte mich auch immer mehr wie ein Junge. Und je älter ich wurde, desto schlimmer wurde es dann für mich. Ich hatte keinen Bock auf die Mädchensachen und Mädchenspiele und das Mädchenbenehmen und die Klamotten und alles! Ich meine, das konnte man ja nicht so lassen! Mit dem Mädchennamen und so.« Er verstummt.

»Also hast du vorher Svea geheißen und jetzt Anders, oder wie?«, fragt Sanne.

Anders nickt. Kein Wunder, dass nichts über ihn im Netz zu finden ist! Dann denkt sie an die Szene vom Vormittag, in der Schule, mit Robert, und ihr wird ganz mulmig zumute. Wie dicht Robert dran war!

»Und seid ihr deshalb aus Kiel weggezogen?«, fragt sie nach.

»Nicht nur«, sagt Anders ausweichend. »Aber auf jeden Fall fühlte ich mich nicht nur immer mehr wie ein Junge, je älter ich wurde, ich sah auch immer mehr so aus! Und als ich in die Pubertät kam, noch mehr. Alles veränderte sich, mein Gesicht, die Muskeln wuchsen. Nur die Brust nicht!« Er grinste schief, aber nur kurz. »Und dann fing auch untenrum alles an zu wachsen. Also, ein bisschen jedenfalls.« Sanne spürt seinen Blick, aber sie kann ihn immer noch nicht ansehen. Das Ganze ist plötzlich total peinlich. Und doch auch wieder nicht.

Anders schluckt hörbar. Dann redet er weiter, diesmal viel schneller als vorher. »Und dann war alles klar. Mädchen ging nicht mehr. Svea gab es nicht mehr. Also heiß ich seitdem Anders. Hab ich mir selbst ausgesucht.« Er lächelt wieder, aber diesmal nicht mehr ganz so schief. »Und jetzt«, sagt Anders, »jetzt muss ich Tests machen und Hormone nehmen, so bestimmte Hormone. Und dann muss noch ein bisschen was gemacht werden und dann ist alles gut.«

»Wie, gemacht?«, fragt Sanne vorsichtig. Ihre Stimme klingt fremd, aber vielleicht ja auch nur, weil sie so leise spricht. Aber lauter geht jetzt gerade nicht.

»Operiert werden muss noch was«, sagt Anders und dann springt er auf. Mit zwei Schritten ist er beim Schreibtisch, steckt die Hände in die Hosentaschen und sieht Sanne herausfordernd an. »So, jetzt weißt du also Bescheid über mich«, sagt er laut. »Und jetzt?«

Sanne sitzt da und starrt ihn an. Irgendwie hat sie auf einmal das Gefühl, überhaupt nichts verstanden zu haben. »Aber was bist du denn nun? Junge oder Mädchen?«

Anders sieht sie an, dann senkt er den Kopf. »Ich bin ein Junge, rein vom Gefühl her. Aber ich weiß eben auch, wie man sich als Mädchen fühlt. Vielleicht fühl ich mich manchmal sogar ein bisschen so! Nur geht das nicht. Also, für die Leute geht das nicht, für die darf man nicht beides sein. Damit du das richtig verstehst: Ich bin kein Mädchen, das sich als Junge fühlt. Dann wäre ich transsexuell. Ich bin intersexuell, das heißt, ich bin von Natur aus beides, Junge *und* Mädchen. Bei den meisten setzt sich dann in der Pubertät ein Geschlecht deutlicher durch, so wie bei mir.« Er denkt kurz nach und Sanne wagt nicht, sich zu rühren. Sie will ihn jetzt auf keinen Fall stören, denn er sieht so aus, als würde er dann nicht mehr weitersprechen. »So oder so hab ich noch Glück gehabt. Wenn sich der Junge in mir nicht durchgesetzt hätte, wäre ich jetzt ewig irgendwie dazwischen. Das stell ich mir noch härter vor.« Er sieht Sanne kurz an und in seinem Blick kann sie plötzlich einen Hauch der Qualen entdecken, die er durchgemacht haben muss. Sanne fällt es immer noch schwer, zu begreifen, was er ihr da gerade erzählt, aber sein Blick macht es ihr auf eine Art ein wenig leichter. »Und rein körperlich«, setzt Anders hinzu, »… also vom Körper her bin ich eigentlich beides.«

»Beides«, sagt Sanne.

»Ja, beides.«

Sanne kann machen, was sie will, aber irgendwie kommt sie nicht klar damit. Beides? Und dann schießt noch ein Gedanke in ihr hoch. »Und was bin ich dann? Bin ich dann lesbisch oder wie?«

Anders starrt sie an, und dann muss er lachen. Und nach einem Moment muss Sanne ebenfalls lachen.

Und dann können sie beide eine ganze Weile nicht mehr damit aufhören.

Und irgendwie, irgendwie tut das unglaublich gut, jetzt zu lachen.

*Sanne*

Wir mussten ziemlich lange lachen, immer wieder von Neuem. Es war völlig absurd, da stand er vor mir und sah aus wie der süßeste Junge der Welt. Da saß ich und war total verliebt in ihn. Absolut beste Voraussetzungen für eine supertolle Traumlovestory.

Und dann so was.

Völlig unwirklich kam mir das Ganze vor – einerseits betonte er, ein Junge zu sein, aber andererseits eben doch nicht. In meinen Kopf ging das nicht so richtig rein – aber in einem kleinen Winkel meines Gehirns war es mir auch einfach egal, was Anders war und was nicht. Er war eben Anders, und das musste reichen.

Als dann kurz darauf seine Mutter nach Hause kam und nach ihm rief, war ich fast ein bisschen erleichtert. Und Anders, glaube ich, auch. Er brachte mich dann zur Tür und wir verabschiedeten uns; mit einem Kuss, einem ganz sanften. Und da konnte ich mir dann schon wieder gar nicht mehr vorstellen, was er mir vorher erzählt hatte.

Aber eins wusste ich: Egal, wer oder was Anders war – ich war total verliebt in ihn.

Nur: Wie sollte das gehen?

..................................................

»Abgeben!«, ruft der Trainer und schwenkt aufgeregt die Arme. Pascal legt noch einen Schritt zu, kreuzt vor Kai auf die andere Seite und wirft Marco den Ball zu, der ihn sofort aufs Tor knallt. Aber Tim, der Torwart, ist heute in Bestform. Ein Satz, und er hat die Kugel zielsicher aus der rechten oberen Ecke gefischt, bevor der Ball im Netz landen kann.

Die Jungs aus seiner Mannschaft johlen und der Trainer klatscht befriedigt in die Hände. »Sehr gut, Pascal! Gutes Timing! Und Schluss für heute!«

Pascal ist ganz außer Atem und ziemlich verwundert, als er zwischen den anderen zur Umkleide trottet. So ein Lob ist selten, aber er war heute wirklich nicht schlecht, das muss er selbst zugeben. Gutes Training, ziemlich entspannt, wenn auch kräftezehrend. Selten war er so alle wie jetzt. Und so zufrieden. Vielleicht auch, weil Stressfaktor Robert nicht da war. Könnte seinetwegen immer so sein. Schade, dass es nicht noch einen anderen Handballverein in der Stadt gibt; da würde Pascal sich sofort anmelden.

Er ist als einer der Ersten mit dem Duschen fertig; er hat es eilig, Anders wartet draußen auf ihn. Wenn er es nicht vergessen hat, aber das kann Pascal sich bei ihm eigentlich nicht vorstellen. Tim nickt ihm zu, als er seine Sporttasche hochnimmt.

»Kommste morgen auch zum Jugendtreff?«

Pascal nickt erfreut. Er kann sich nicht erinnern, dass Tim ihn vorher schon mal irgendwas gefragt hat. Außer nach der Uhrzeit. »Klar. Du auch?«

»Aber sicher«, sagt Tim, und Justin neben ihm wirft einen verwunderten Blick zu ihm rüber.

»Wie, Pickelgesicht, du kommst auch? Bloß nicht. Dann rennen die Mädchen doch alle sofort davon!«

Marco und ein paar andere lachen, aber Pascal zuckt nur mit den Schultern. Juckt ihn heute nicht. Ab jetzt juckt ihn gar nichts mehr. Allerdings hat er sich das ja schon oft vorgenommen!

»Ciao«, sagt er und dann ist er schon draußen.

Anders steht tatsächlich schon da, die Beine über sein Rad gegrätscht. »Hi!«, sagt er und klopft auf seinen Gepäckträger. »Kannst deine Tasche hier raufmachen. Oder willst du selber?«

»Nein, ich lauf lieber.«

»Auch gut«, sagt Anders und schiebt los. Aber sie sind noch keine fünf Schritte gegangen, als Niklas hinter ihnen hergelaufen kommt.

»He, wo wollt ihr hin?«, ruft er. Seine Haare sind feucht und zu einem schiefen Scheitel gekämmt und er ist ganz außer Atem.

Anders wirft Pascal einen verwunderten Blick zu und Pascal zuckt mit den Schultern. Keine Ahnung, was Niklas jetzt will.

Offenbar nichts Besonderes, denn Niklas tut so, als wäre es ganz normal, sich ihnen anzuschließen. »Wo geht ihr hin?«, fragt er noch mal und nimmt seine Sporttasche über die andere Schulter. »In die Stadt oder was?«

»Nee«, sagt Anders. »Zu mir. Mathe lernen.«

»Streber«, sagt Niklas und läuft einfach weiter neben ihnen her. Als ob er dazugehört.

Pascal und Anders wechseln noch einen Blick und Pascal ist sich ziemlich sicher, dass Anders dasselbe denkt wie er: Kaum ist Robert mal nicht da, hängt sich Niklas schon an sie ran. Niklas möchte um jeden Preis dazugehören, das ist Pascal schon ewig klar. Wozu auch immer, das ist nicht so wichtig. War schon früher so, in der Grundschule. Da ging Niklas in Pascals Parallelklasse und versuchte auch schon immer, überall mitzumischen. Aber so richtig hat er nie dazugehört. So wie Pascal selbst, aber anders.

Der Unterschied ist vielleicht, dass Pascal es nicht drauf anlegt. Niklas aber schon.

Und jetzt läuft er eben neben Pascal und Anders her, die Sporttasche über der Schulter, sein typisches Niklas-Lächeln im Gesicht.

Niklas lächelt viel zu oft, findet Pascal.

Na ja, dafür lächelt er selbst fast überhaupt nicht.

Anders und Niklas wechseln ein paar belanglose Sätze über die Schule, während sie weiterlaufen. Auch am Eingang zur Fußgängerzone bleibt Niklas neben ihnen; jetzt müssten sie ihn schon richtig abschütteln, wenn sie ihn loswerden wollten. Aber das überlässt Pascal lieber Anders. Und wenn er ehrlich ist – ihm ist es eigentlich egal, ob Niklas nun dabei ist oder nicht. Er hat ja was, auf das er sich freuen kann. Eventuell jedenfalls.

»Wie war denn euer Training?«, fragt Anders schließlich, als sie in die Seitenstraße einbiegen, in der er wohnt.

»Bestens«, sagt Niklas. »Oder, Pascal?«

»Ja, war okay heute. Wo war denn Robert eigentlich?«

Niklas zuckt mit den Schultern. »Keine Ahnung. Kommt ihr eigentlich Samstag auch zur Party?«

»Im Jugendtreff?«, fragt Pascal.

Niklas nickt eifrig. »Ja, klar. Wird bestimmt cool! Gehen doch alle hin. Kommt ihr auch?«

»Mal sehen, wahrscheinlich. Oder, Pascal? Meine Schwester will auch hin«, sagt Anders. »Muss ich mir dann ja wohl auch mal ansehen. So, da wären wir. Tschüs, Niklas.«

Niklas sieht an der Fassade hoch. »He, kann ich mit, Mathe lernen? Ich muss auch noch was tun.«

Anders wirft Pascal einen fragenden Blick zu, den Pascal mit einem Achselzucken beantwortet, dann betrachtet er Niklas von der Seite. »Nee, geht nicht, Niklas«, sagt er schließlich. »Ich hab mit Pascal noch was zu besprechen, unter vier Augen. Sorry.«

Niklas lächelt immer noch, aber seine Augen scheinen sich für einen Moment zu verdunkeln. »Schon okay«, sagt er. »Ich hab eh noch was vor.«

Und dann winkt er und läuft weiter.

Pascal sieht ihm nach, dann dreht er sich um und da kommt Signe auf ihn zugefahren, auf ihrem Sportrad, mit einem Lächeln im Gesicht, das ihm die Knie weich macht, und Pascal ist es auch total egal, dass dieses Lächeln nicht für ihn bestimmt ist, sondern für ihren Bruder. Ist doch egal – Hauptsache, sie lächelt.

## Signe

*Das war richtig schön, die beiden zusammen zu sehen. Zu Pascal hatte ich einfach ein total gutes Gefühl. Ein echt netter Typ und bestimmt ein besserer Freund für Anders als so manche andere, mit denen Anders früher befreundet gewesen war. Nach dieser Geschichte da bei seinem Wettkampf, da hatte sich die Spreu vom Weizen getrennt, und es war nicht viel Weizen übrig geblieben.*

*Auch wenn Pascal immer ein bisschen verklemmt rüberkam. Als ich dann auf die beiden zuradelte und sie schließlich begrüßte, da guckte er ein bisschen merkwürdig und wandte dann den Blick ab. Insgeheim, muss ich sagen, dachte ich auch, dass er vielleicht schwul war. Und ein bisschen in Anders verliebt. Aber ich war mir sicher, dass Anders genau wusste, was er wollte. Und er wollte nicht Pascal, jedenfalls nicht in Sachen Liebe, sondern dieses Mädchen da aus seiner Klasse. Sanne.*

*Jedenfalls begrüßte ich die beiden und dann, als ich hinter ihnen mein Rad in den Garten schob, da sah ich diesen Typen da stehen und zu uns rübergucken, mit so einem komischen Gesichtsausdruck. Eine Mischung zwischen wütend und traurig, und irgendwie war mir klar, dass ich genau das schon mal gesehen hatte – also, nicht nur den Typen selbst, sondern auch diesen Blick. Aber mir fiel nicht ein, wann oder wo. War auch nicht so wichtig, fand ich.*

*Wichtig war nicht das, was gewesen war.*
*Sondern das, was kommen würde.*
*Dachte ich da.*
*Und zum Teil hatte ich damit ja auch recht.*
*Aber eben leider nur zum Teil.*

# Kapitel 9
# Tanzwunder

Der Jugendtreff liegt am Stadtrand, und wie immer bei den lang angekündigten Schülerpartys ist er auch heute bestens gefüllt. Natürlich kommen nicht nur Schüler, aber die auch: die meisten aus den oberen Klassen der Gesamtschule, die Justin und die anderen besuchen, einige von der Förderschule, aber auch ein paar aus den umliegenden Städten. Finkenberge ist auch diesmal mit ein oder zwei Wagenladungen vertreten, Justin kann die Typen schon von Weitem an ihren beknackten Scheitelfrisuren und den komischen Filzjacken erkennen.

Auch die üblichen Verdächtigen aus der Stadt sind da, Jungs, die die Schule abgebrochen haben und gern in der Fußgängerzone rumhängen, und ein paar unverwüstliche ältere Knalltüten noch dazu. Robert verachtet diese Loser, die nichts draufhaben und nur rumschmarotzen, aber Justin findet ein paar von ihnen gar nicht so übel. Vielleicht, weil er nicht so weit davon entfernt ist, zu ihnen zu gehören, denkt er manchmal. Es gibt immer wieder Tage, an denen er die Schule einfach schmeißen und sich zu ihnen gesellen möchte: nichts machen, nichts denken, kein Stress, nur rumhängen.

Aber vielleicht ist das ja auch Stress.

Heute ist jedenfalls so ein Tag. Gestern auch schon, als er die Mathe-Arbeit so dermaßen vergeigt hat, dass er nicht mal mit einer Fünf zu rechnen braucht.

Heute ist ein Tag, an dem Justin alles hinschmeißen möchte. Gestern die Arbeit, heute dann gleich früh Theater mit seiner Mutter, die im Bett liegen blieb, statt zur Arbeit zu gehen. »Verpiss dich, du kleiner Scheißer«, nuschelte sie ihm zu, als er sie zu wecken versuchte. Und dann noch der Anruf von Kerrylin. Schwanger ist sie, aber mit Freuen ist nicht so richtig: Ihr Typ hat sie sitzen gelassen. Also kommt sie zurück. Zurück in die kleine Butze, in der sowieso kaum Platz ist für Justin und seine Mutter.

Zu essen war auch nichts im Kühlschrank, und überhaupt – alles nur Schrott.

Da kommt Roberts Stinklaune ihm gerade recht. Oder Robert selbst, denn der hat genug Geld, dass es auch für Justin, Azad und dessen Kumpel reicht, den mit den stechenden Augen.

Für Tuana würde es auch reichen, aber die hat ja selbst genug Geld. Und Niklas genauso.

Die Bude ist brechend voll und am Eingang macht einer der Sozialarbeiter, so ein Typ mit Brille und angedeutetem Iro, voll peinlich in dem Alter, Einlasskontrolle. Robert, Justin und die anderen winkt er rein, aber ein paar von den Knalltüten müssen draußen bleiben und mischen sich murrend unter die rauchenden und herumalbernden Pausenhalter. Die meisten tragen nur T-Shirts oder kurzärmelige Hemden, drinnen ist es schließlich ziemlich heiß, aber draußen ganz und gar nicht. Heute ist der kälteste Tag des Monats, fast kann man den eigenen Atem sehen, wenn man aushaucht. Justin ist froh, dass er die geerbte Lederjacke von seinem Alten angezogen hat, die der dagelassen hat. Sein einziges Erbstück. Riecht noch nach dem Alten, heimlich findet er das ja gut.

Aber nur heimlich.

»Los jetzt, komm, du Trantüte!« Azad winkt ihm aufgeregt zu. Im Arm hat er Liza, seine Ex- oder Zweit-Freundin oder was auch immer. Was Tuana wohl dazu sagt?

»Selber Trantüte!«, ruft Justin zurück und drängt sich zwischen zwei Achtklässlern hindurch in den großen Veranstaltungsraum. Laute Musik wummert ihm entgegen, irgendein Song aus den Charts, das spielen die hier immer, eigentlich nicht gerade sein Fall. Aber egal, die Stimmung ist gut, knackevoll ist der Raum, die Rhythmen krachen durch die hitzige Luft, die von flackernden Stroboskopen erhellt wird. Es ist fast kein Durchkommen, überall sind sich bewegende Körper, die Tanzfläche in der Mitte ist bis zum Bersten gefüllt. Robert und die anderen steuern zur Bar durch, aber Justin bleibt kurz stehen, lässt den Blick schweifen. Vielleicht ist wieder die eine Niedliche da, die er hier letztes Mal gesichtet hat, vielleicht hat er ja mal Glück, nicht nur immer die anderen.

»He, du Loser, willste Stress?« Kai aus dem Handballverein stößt ihn in die Seite und grinst breit. Neben ihm steht Tim, der Torwart, die Haare geschniegelt, sein ruhiges Lächeln im Gesicht.

»Na logisch! Eins in die Fresse?« Justin hebt spielerisch die Faust, und er und Kai lachen sich an. Dann tippt jemand Justin von hinten auf die Schulter.

»Hier, für dich, von Robert!« Niklas hält ihm ein Bier hin. Justin nickt dankbar, greift die Flasche und prostet Robert zu, der auf der anderen Seite der Tanzfläche aufgetaucht ist. Aber Robert guckt nicht her, sein Blick ist auf die Tanzfläche gerichtet, schon wieder sieht er sauer aus, immer sieht er sauer aus in letzter Zeit, nicht zu fassen. Dabei haben andere viel mehr Grund als er. Ist doch wahr.

»Nicht übel, oder?«, ruft Niklas Justin über das Getöse hinweg ins Ohr. Viel zu dicht bringt er seine Lippen an Justins Ohr, am liebsten möchte Justin nach ihm schlagen wie nach einer lästigen Fliege, aber er kann sich gerade noch beherrschen.

Kai und Tim winken und verziehen sich weiter nach hinten und Justin nimmt einen Schluck aus seiner Flasche. Eiskalt rinnt das Bier ihm die Kehle hinunter. Davon braucht er heute definitiv noch ein paar mehr!

»Nicht übel, was?«, wiederholt Niklas an seinem Ohr und Justin fährt herum.

»Mann, was willst du?«

Niklas weicht zurück, aber dann zeigt er dennoch zur Tanzfläche, mit bewunderndem Gesichtsausdruck. Unwillig sieht Justin hin und entdeckt zwischen den vielen tanzenden Mädchen auch drei, die er kennt: Sanne, Tuana und Lotta. Und noch jemanden entdeckt er dort, in ihrer Mitte: Anders.

Er tanzt vollkommen selbstvergessen, die Arme leicht angewinkelt, mit halb geschlossenen Augen, und die Mädchen bewegen sich dicht in seiner Nähe. Ab und zu sehen sie ihn an, aber nicht nur sie – fast alle im Raum sehen Anders an, seine geschmeidigen Schritte, die Sanftheit, mit der er seine geraden Schultern nach vorn und hinten bewegt, der Rhythmus, in dem seine schmalen Hüften sich bewegen. Er ist wie eine Sonne mitten im Raum, um den sich eine Reihe kleiner Planeten und Sterne bewegen.

Mädchensterne.

Noch nie hat Justin einen Jungen so gut tanzen sehen.

Nicht auszuhalten, das.

Aber das, was er dann noch sieht, als er sich angenervt wegdreht, ist noch weniger auszuhalten.

Ein Stück weit entfernt steht Tim, mit ausgerechnet der Niedlichen im Arm. Wo hat er die denn jetzt so schnell her?

Und warum überhaupt er schon wieder?

»Total cool, oder, wie der tanzt?« Niklas hat richtig leuchtende Augen.

Und Robert, der plötzlich hinter ihm steht, hat ebenfalls leuchtende Augen. »Guck dir die schwule Ratte da mal an.« Er spuckt die Worte fast aus. »Hab ich doch richtiggelegen! Das ist doch ein Mädchen, so wie der tanzt! Und der soll endlich mal die Pfoten von unseren lassen.«

Azad, der immer noch seine Freundin oder was auch immer im Arm hat, schiebt sich dazu. »Mann, scheiß doch drauf! Los, lass noch was trinken!«

Justin zieht mit ihm und seinem Kumpel zur Theke, sie drängen sich zwischen den anderen Jugendlichen hindurch. Es ist noch voller geworden, überall sind lachende, grölende Jugendliche. In der Ecke küssen sich Kai und ein Mädchen mit knallrot geschminkten Lippen, Pickelgesicht steht daneben, und Justin meint sogar Thao am Eingang zu sehen. Alle sind da, einfach alle; komisch nur, dass Justin sich trotzdem irgendwie alleine vorkommt.

»Macht der eigentlich an Sanne rum, Anders, oder wie?«, fragt Azad und stößt mit seinem Kumpel an und dann mit Justin, erst mit einem Kurzen, dann mit Bier.

»Weiß ich nicht, ist mir doch egal.« Justin spürt den Alkohol bereits. Azads Kumpel legt den Kopf schief.

»Soll ich mir den mal vorknöpfen?«

»Mir doch egal«, sagt Justin erneut.

»Mach doch!« Robert steht jetzt neben ihm, ein neues Bier in der Hand.

»Was krieg ich dafür?« Azads Kumpel starrt zur Tanzfläche rüber, wo Sanne immer noch neben Anders tanzt, ein versonnenes Lächeln auf den Lippen.

»Sanne«, sagt Azad und schnalzt mit der Zunge.

Roberts Lächeln gefriert, dann setzt er eine coole Miene auf. »Mal sehen«, sagt er. »Ich überleg mal, was ich springen lasse.«

»Oh, Sanne wär schon cool«, sagt Azads Kumpel, und er und Azad lachen laut und klatschen sich ab.

Justin nimmt sein Bier und dreht eine Runde. In den Ecken knutschen überall Pärchen, aber die Niedliche und Tim sind nicht dabei. Auch nicht schlecht.

Niklas steht immer noch am Rand der Tanzfläche und sieht zu Anders rüber, mit fiebrigen Augen. Für einen Moment fragt Justin sich, ob er zu viel Bier getrunken hat. Aber in der kurzen Zeit?

Draußen holt er tief Luft. Kerrylin kommt also wieder zurück. Da ist doch der nächste Stress schon vorprogrammiert. Jesus!

Als er nach einer Weile wieder hineingeht, kommen Anders und Sanne gerade von der Tanzfläche. Justin sieht, dass sich ihre Hände kurz berühren. Eindeutig verknallt ineinander, die beiden!

Sie steuern zum Tresen rüber, wo Tuana jetzt vor Azad steht, eindeutig sauer.

»He, Azad, was ist denn mit der Tussi da?«, fragt sie.

Azad sieht sie an und rammt einem Blondschopf, der gerade vorbeizieht, wie beiläufig den Ellenbogen in die Seite. Sein Kumpel lacht. »Welche Tussi?«, fragt Azad unschuldig.

Tuana starrt ihn böse an. »Find ich echt übel von dir«, sagt sie. »Entweder oder!«

»Oder beides!« Azad lacht und legt eine Hand um Tuanas Arm.

»Mann, Azad!« Tuana schüttelt Azads Hand ab und läuft wütend vorbei.

Sanne sieht ihr nach. »Ich glaub, ich muss mal hinterher«, sagt sie unschlüssig.

»Dann geh doch!« Azad pikst sie in den Bauch.

Sanne schlägt seine Hand weg. »Lass das!«

Azads Kumpel lächelt breit. »Wow, du kannst ja ganz schön giftig werden!«

Sanne starrt ihn an. »Geht dich das was an?«

Und Robert starrt Anders an, der gerade versucht, den Barkeeper auf sich aufmerksam zu machen.

»He, Blondi. Bist du eigentlich schwul?«, fragt Robert. »Weil du so tanzen kannst? Oder bist du vielleicht doch ein Mädchen?«

Anders dreht sich nur halb zu ihm um. »Bist du bekloppt?«, fragt er. »Wenn man gut tanzt, ist man schwul oder wie?« Er schüttelt den Kopf.

»Was war denn da mit deinem Segeltrainer eigentlich, da oben in Kiel?«, fragt Robert grinsend. »Warum ist der denn wirklich aus dem Verein geflogen? Doch nicht wirklich wegen Unterschlagung, oder? Hat er rausgefunden, was mit dir ist? Bist du da aufgeflogen, oder? Du Mädchen?«

Justin hat keine Ahnung, wovon Robert jetzt schon wieder spricht, aber Anders ist alles Blut aus dem Gesicht gewichen.

»Wovon redest du denn?«

»Weißt du doch genau«, sagt Robert.

Anders und er starren sich an. Und obwohl die Musik so laut ist, dass sie alles übertönt, hat Justin fast den Eindruck, als könne er die beiden atmen hören.

Dann mischt sich Niklas ein, ausgerechnet Niklas. »Jetzt regt euch doch mal ab!«, sagt er und Anders fährt herum.

»Verzieh dich!«, faucht er ihn an. Niklas reißt die Augen auf, erschrocken tritt er zurück.

»Und du!«, sagt Anders und dreht sich zu Robert. »Du hältst am besten einfach die Fresse. Du gehst mir total auf den Senkel mit deinem Gequatsche!«

»He, pass bloß auf«, sagt Robert, dicht vor Anders' Gesicht. »Pass bloß auf.«

»Pass doch selber auf!«

Sanne legt eine Hand auf Anders' Arm. »Anders?«, sagt sie bittend. »Anders, komm mal mit raus, ja?«

Einen Moment zögert er. Dann folgt er Sanne nach draußen.

Robert schnauft auf und dreht sich zum Tresen, um neues Bier zu bestellen.

Azads Kumpel schüttelt den Kopf. »Das gibt Ärger!«, sagt er sehr ruhig.

Nur komisch, dass Justin das bei all dem Lärm so gut hören kann. Vielleicht, weil es stimmt, was er da sagt.

........................................................

### Sanne

*Ich war total froh, dass Anders mit mir rauskam. Robert wirkte richtig ein bisschen gefährlich, so hatte ich ihn noch nie erlebt. Und das war nicht nur Eifersucht oder schlechte Laune. Sondern was viel Tieferes, Heftigeres.*

*Als trüge er eine Sprengladung in sich herum und die Lunte dazu in der Hand.*

*Und ich wollte nicht, dass Anders sie anzündete.*

*Draußen sah ich mich nach Tuana um, und als ich sie weiter hinten mit Thao sah, eifrig ins Gespräch vertieft, da war ich beruhigt. Tuana war versorgt, aber Anders eben nicht.*

*Er wirkte so, als würde er vollkommen neben sich stehen. Und ansehen konnte er mich auch nicht.*

*»He, Anders«, sagte ich und berührte seinen Arm. »He, ist doch nicht so schlimm. Robert spuckt immer nur große Töne. Und er provoziert eben für sein Leben gern. Das musst du gar nicht ernst nehmen.«*

*»Doch«, sagte Anders und steckte seine zitternden Hände in die Hosentaschen. Er trug nur ein T-Shirt und weit sitzende Baggys über den Turnschuhen, total süße Klamotten, aber nicht gerade warm für die kühlen Temperaturen hier draußen.*

*»Nee«, beteuerte ich. »Ich kenn Robert schon ewig. Wollen wir wieder reingehen? Dir ist kalt, oder? Oder willst du gehen?«*

*Anders sah mich immer noch nicht an. Sein Blick flog über die paar Typen aus Finkenberge hinweg, die gerade dabei waren, sich mit den zwei, drei stadtbekannten Säufern anzulegen, die neben dem Eingang herumlungerten. Deswegen gehe ich eigentlich nicht so gern zum Jugendtreff auf die Partys, irgendwann gibt es immer Stress hier, jedes Mal ist das so. Aber jetzt war ich wegen Anders hier. Und es hatte auch total viel Spaß gemacht, mit ihm zu tanzen. So gut wie er tanzte keiner, wirklich, absolut keiner!*

*»Doch, ich muss das ernst nehmen«, sagte Anders. »Ich weiß nicht, wie, aber er weiß Bescheid.«*

*»Worüber?«, fragte ich. »Über dich? Glaube ich nicht!« Meine Hand lag immer noch auf Anders' Arm, aber plötzlich hatte ich das Gefühl, dass sie wie ein Fremdkörper für ihn war. Es war komisch, gerade noch waren wir uns so nahe gewesen, auf der Tanzfläche, hatten uns angesehen und ich hatte das Gefühl gehabt, dass er dasselbe fühlte und dachte wie ich – einen Rausch, einen Rausch aus Glück und Gefühl. Aber jetzt – jetzt war das wie weggeblasen. Ich hatte das Gefühl, dass er Abstand wollte, er regte sich nicht, sah mich nicht*

*an, und deshalb nahm ich schließlich meine Hand wieder runter von seinem Arm.*

»*Er weiß Bescheid*«, *sagte Anders, wie zu sich selbst.* »*Er weiß Bescheid über die Sache mit meinem Trainer.*«

»*Welcher Trainer?*«

»*Mein früherer Segeltrainer. Der hat... also, der hat mich immer schon ein bisschen angebaggert, seit ich so zwölf war. Ich glaube, er fand mich gut, hat mich immer gern angefasst, also die Hand liegen gelassen auf meinem Arm, wenn er mir was erklärt hat. Erst war es mir egal, aber dann wurde es komisch. Er hat mich immer so angeguckt, als ob er... als ob er mich am liebsten ausziehen würde. War schon komisch.*« *Anders zuckte mit den Schultern und sah über meinen Kopf hinweg zu den Bäumen hinüber, als würde er dort etwas Wichtiges sehen.* »*Und dann hat er das auch getan. Mich ausgezogen.*« *Ich sog erschrocken die Luft ein, aber Anders redete weiter.* »*Er hat mich, also er hat mich bei einem Wettkampf sozusagen in meinem Zimmer... Ich hatte den zweiten Platz gemacht und er hat sich vor Freude besoffen. Dann kam er rüber, mitten in der Nacht, ich bin aufgewacht, weil er an mir rumgefummelt hat. Und bevor ich noch richtig wach war, hatte er schon die Decke hoch- und mir die Hose runtergezogen. Und da flog alles auf. War heftig. Der hat rumgeschrien –* »*Missgeburt*«*! Haben alle gehört. Und dann war's halt vorbei. Ich bin nackt übern Flur, weggerannt.*«

»*Mann, das ist ja wirklich übel!*«, *sagte ich.*

*Anders nickte. Er sah mich immer noch nicht an, sondern einfach so vor sich hin, und mir schauderte es. Er tat mir total leid, aber gleichzeitig war ich auch traurig, dass er so distanziert war auf einmal. Obwohl er mir das gerade erzählte. Aber es war, als ob er es mir erzählte, um mich fernzuhalten.*

*Ich guckte mich kurz um; Tuana und Thao redeten immer noch miteinander, Justin stand ein Stückchen daneben und trank gerade sein Bier aus, und aus dem Eingang zum Jugendtreff kam Pascal und guck-*

*te sich um; bestimmt suchte er Anders, fand ich auch gut, aber jetzt gerade nicht. Jetzt gerade wollte ich Anders für mich.*

*Aber er mich eben nicht. Jedenfalls fühlte es sich nicht so an.*

*»Alle haben es gesehen. Dass ich eben kein Mädchen war. Und damit war für mich alles gelaufen«, sagte Anders leise.*

*»Hast du ihn nicht angezeigt?«*

*Jetzt richtete Anders seine schönen Augen auf mich. »Klar. Mein Vater hat ihn sofort am nächsten Tag angezeigt. Er ist auch verurteilt worden. Nicht nur deswegen, sondern auch wegen Betrugs. Er hatte total viel Kohle abgezwackt.« Anders zuckte mit den Schultern. »Aber für mich war's gelaufen. Nicht nur das Segeln. Sondern irgendwie alles. He, Sanne?«*

*»Ja?«*

*»Halt dich lieber von mir fern«, sagte Anders leise. »Okay? Ist besser für dich.«*

*Ein kalter Hauch wehte mir ums Herz. »Was?«*

*»Lass mich lieber«, sagte Anders hart.*

*Ich war total verwirrt. »Wieso? Warum willst du das denn jetzt?«*

*»Weil es besser ist«, sagte Anders und steckte die Hände noch tiefer in die Hosentaschen. Ich sah, dass er fröstelte. Mir war jetzt auch kalt, aber eher von innen.*

*»Ich kann nicht!«, sagte ich und berührte erneut seinen Arm.*

*Aber er schüttelte mich ab. »Geh, Sanne«, sagte er. »Ist besser so. Los jetzt, geh! Lass mich lieber in Ruhe.«*

..........................................................

Schon auf dem Weg zum Jugendtreff kann Signe gut sehen, dass heute Abend eine Party stattfindet. Unter den Laternen am Straßenrand stehen Jugendliche in kleinen Grüppchen herum und unterhalten sich, während Flaschen mit Hochprozentigem die Runde machen. Warmtrinken, das kennt Signe auch aus Kiel. Ihre Sache ist das nicht, sie trinkt nicht viel, meistens wird ihr gleich schlecht davon. Aber Spaß haben kann sie trotzdem.

Ist nur komisch, allein unterwegs zu sein. Doch das wird sich ja gleich ändern. Anders ist bestimmt noch da, und Pascal vielleicht auch.

Signe sieht Anders sofort, als sie in die Einfahrt zum Jugendtreff einbiegt und vom Rad steigt. Er steht ganz am Rand der beleuchteten Fläche des Vorplatzes, die Hände tief in den Hosentaschen, und sieht Sanne hinterher, die gerade davongeht, mit hängenden Schultern. Beide haben einen seltsamen Ausdruck im Gesicht, als ob sie sich gestritten hätten. Hoffentlich nicht, hoffentlich nicht, denkt Signe und schließt rasch ihr Rad ab.

Sanne kommt direkt auf sie zu, aber sie will nicht zu ihr, sondern zu zwei Mädchen ein Stück neben ihr, die sich eifrig unterhalten. Nach einem kurzen Wortwechsel gehen alle drei zum Eingang und verschwinden im Jugendtreff.

Signe steckt ihren Schlüssel ein und wirft einen Blick zu Anders hinüber. Der steht immer noch da, mit diesem Ausdruck in den Augen, den Signe schon öfter bei ihm gesehen hat. Sie weiß, dass es ihm nicht gut geht, aber sie weiß auch, dass er jetzt ein bisschen Zeit für sich braucht. Vielleicht sollte sie erst etwas zu trinken holen und dann zu ihm rübergehen.

Signe geht los, an einem knutschenden Pärchen vorbei. Dahinter steht wieder dieser Junge, den sie schon zweimal gesehen hat, der Junge, der Anders immer so anstarrt, auch jetzt starrt er ihn an. Wie gebannt, lässt sich gar nicht von der Kabbelei stören, die neben ihm stattfindet, ein paar geschniegelte Jungs streiten mit drei Typen, die Signe vom Sehen aus der Fußgängerzone kennt.

Jemand ruft ihren Namen. »Signe! Hi!«

Pascal, Anders' Freund. Er trägt seine Haare ein bisschen zu sehr gegelt und dazu ein gebügeltes Hemd, ein bisschen zu schnieke, aber man sieht, dass er sich bemüht hat, gut auszusehen, auch wenn's nicht ganz klappt. Und er lächelt, strahlt übers ganze Gesicht, und das Lächeln erhellt seine Züge, lässt seine vielen Pickel fast verschwinden. »Hallo, ich ... ich wollte gerade was zu trinken holen, willst du auch was?«

Gelogen, das ist gelogen. Immerhin hat Signe doch gerade gesehen, dass er aus dem Eingang gekommen ist.

Aber fast verwundert stellt sie fest, dass sie sich freut. »Gerne«, sagt sie. »Aber kein Bier. Ich trink nur ganz selten mal Alkohol.«

Pascal läuft rot an, fast schuldbewusst sieht er auf die Flasche in seiner Hand. »Nee, äh, nee, muss ja nicht«, sagt er, und da muss Signe lachen.

Pascal sieht sie überrascht an, dann lacht er auch. »Oh Mann«, sagt er kopfschüttelnd. »Oh Mann, echt.«

............................................................

*Pascal*
*Klar hatte ich ihn schon gesichtet und eigentlich wollte ich gerade zu ihm hin, aber dann sah ich Signe. Die Chance meines Lebens! Na ja, vielleicht nicht ganz, aber trotzdem, eine Chance. Und irgendwie, weiß der Geier warum, nutzte ich sie. Mensch, das Leben ist kurz, man weiß nie, was noch kommt. Vielleicht ja auch gar nichts mehr, und immerhin hab ich dann mal mit ihr geredet. Nicht unter vier Augen, aber so ähnlich.*

*Tja, und sie schrie ja auch nicht gerade auf und rannte davon, also war's wohl okay für sie, ein paar Wörtchen mit mir zu wechseln. Und da ja sämtliche Ratgeber empfehlen würden, in so einer Situation – Angebetete entdeckt einen! Grüßt! Redet mit einem! Yippieh! Was jetzt? – dann ein Getränk anzubieten, versuchte ich mich mal in der Richtung. Und irgendwie schaffte ich es sogar, tatsächlich ein paar dahin gerichtete Worte rauszubringen. Allerdings kam sie dann ja gleich mit dem Anti-Alk und ich kam mir sofort beknackt vor, aber... ging gut. Sie lachte, und ich lachte auch.*

*Yeah! WIR LACHTEN ZUSAMMEN! GEMEINSAMKEIT! VERBINDENDE ELEMENTE!*

*Und dann noch Humor! Wichtige Sache. Hätte ich also auch noch mal mein Simpsons-Shirt anziehen können, ha ha! Pickelgesicht und Superschwester standen also zusammen und lachten, und da hatte ich, verstiegen, wie ich bin, da hatte ich echt das Gefühl, sie findet mich gar nicht so übel. Auf jeden Fall war ich sichtbar.*

*Sichtbar, sichtbar.*

*Für sie.*

*Und nur am Rande kriegte ich mit, wie sie dann sagte: »Guck mal, mein Brüderchen bekommt ein Zettelchen zugesteckt!« Ich drehte mich um und sah Anders dahinten auf diesen Zettel gucken, mit starrem Gesicht, und wer eierte gerade untertänigst davon und rin in die jute Stube? Unser guter Niklas, der sehnsüchtige Niklas, der Mann, der immer Anschluss suchte und nur so selten fand.*

*»Ich geh mal was holen«, sagte ich und winkte Anders, was der aber nicht sah, weil er so in diesen Zettel vertieft war.*

*»Ich komme mit, ich müsste mal«, sagte Signe und winkte auch, vergebens, und dann ging sie einfach so, wie selbstverständlich, neben mir her, und ich fühlte mich, als hätte ich im Lotto gewonnen, als sie vor mir den Eingang passierte und für kleine Mädchen verschwand.*

*Getränke holen dauerte eine Weile, erst mal mussten sich vor mir drei Finkenberger Idioten einig werden, ob es nun Schnaps oder Wodka sein sollte, und dann drei kichernde Mädels mit hochgetuffelten*

*Haaren, wie viele Prozente sie brauchten. Und als ich dann endlich mit der Cola und einem neuen Bier wieder rauskam, da verpasste ich dann um ein Haar den Auszug der Heiligen Drei Könige Robert, Azad und Mr. Stechendes Auge samt ihrem Gefolge. Gerade noch den letzten Zipfel von Tuanas Top konnte ich erkennen, bevor sie hinter den Herren in Richtung Brücke verschwand, Sanne im Schlepptau.*

*Aber SIE war noch da. Und lächelte mich an. »Danke schön, Pascal«, sagte sie und nahm ihre Cola. »Sag mal, hast du Anders drinnen gesehen?«*

*»Nee«, sagte ich. »Nee, hab ich nicht.« Und dann sah ich mich noch mal suchend um und entdeckte schließlich eine schemenhafte Gestalt, die sich gerade ebenfalls Richtung Brücke entfernte und im Dunkel der Bäume verschwand.*

*Und ich weiß auch nicht, warum, aber irgendwie kam mir das komisch vor. Sehr komisch sogar.*

*So komisch, dass ich mich plötzlich nicht mehr so richtig auf SIE konzentrieren konnte.*

*Und irgendwie peilte sie das nach ein paar Sekunden dann auch, Wunder oh Wunder.*

*»Stimmt was nicht?«, fragte sie und trank einen Schluck.*

*»Ja. Nein. Weiß ich nicht. Wollen wir ... Lass uns mal gucken, ja?«*

*Und dann sind wir auch schon los.*

## Kapitel 10

# HOSE RUNTER

Wer die Idee zuerst hatte, zur Brücke zu laufen, weiß hinterher keiner mehr.

Aber irgendwann schieben sie sich zwischen den Tanzenden hindurch zum Ausgang, vorbei an gegelten Finkenberger Kerlen, an kreischenden Mädchen aus der anderen Schule, an Kai und Tim und noch mehr Jungs aus dem Handballverein, durch die Tür mit ihrem bärtigen Bewacher raus an die Luft, zwischen pöbelnden Losern hindurch, an mehreren knutschenden Pärchen vorbei bis zum Waldrand und dann in das Dunkel hinein. Den Weg hoch bis zur Brücke. Im Schatten der Wolken weit oben der Neumond, unten der rauschende Fluss. Der Findling am Ufer ein mahnendes Denkmal. Das Geländer wie Zähne, verrostet, uralt, eines stählernen Monsters.

Kalt ist es hier oben, der Wind pfeift. Zigaretten wandern herum, Flaschen mit Bier, eine mit Schnaps. Und sie warten, Azad und Robert, Azads Kumpel und Justin, Niklas, Tuana und Sanne. Worauf, das weiß keiner so richtig.

Vielleicht einfach darauf, dass etwas passiert.

Und einer von ihnen wartet auf Anders.

Tuana streitet leise mit Azad, der lacht nur. Und bringt sie mit Küssen zum Schweigen, aber nur kurz. Tuana ist sauer, muss sich beraten. Zieht sich mit Sanne zurück an die Ecke, kehren den Jungen die Rücken, beratschlagen leise.

Robert lacht lautlos, sein Blick ist verhangen.

Dann reißen die Wolken auf, der Mond erhellt alles.

Auch die Gestalt, die nun nachkommt, langsam den Weg hinaufkommt, die Hände tief in den Taschen.

Keiner bemerkt, wie ein anderer sich wegstiehlt, nach hinten, ins Dunkel.

»He, wen haben wir denn da? Unser Mädchen!«, ruft Azad und lacht, haut seinem Kumpel schwer in die Seite.

Robert kneift die Augen zusammen. »Was willst du, Alter?«

Anders bleibt stehen. »Wo ist Sanne?«, fragt er sehr leise.

»Was willst du von Sanne?« Robert kommt näher. Anders rührt sich nicht weiter. Er mustert die anderen um ihn herum.

»Mann, seid ihr drauf! Zu viel gesoffen?«

Ein Schubser stößt ihn ans Geländer. Azads Kumpel grinst finster, schubst ihn noch einmal. Justin muss lachen, Azad ballt die Fäuste.

»Willst du Ärger, du Mädchen?«

Robert steht ruhig da, dann beginnt er zu lächeln. »Guter Moment. Los, zeig, was du hast! Zeig deinen Pimmel!«

Anders starrt ihn nur an. Und dann, plötzlich begreift er. Der Zettel war nicht von Sanne. Der Zettel war eine Falle.

Eigentlich hätte er es sich sofort denken können. Sanne schreibt nicht in so merkwürdigen Druckbuchstaben. Und sie hätte auch nicht so einfache Sätze geschrieben: »Komm zur Brücke, in fünf Minuten. Muss mit dir reden. Sanne«.

Sanne hätte gar nicht geschrieben. Sie hätte ihn einfach gefragt, ob er mitkommt.

Und Niklas hätte sie schon gar nicht geschickt.

Aber Niklas ist gar nicht hier. Oder doch?

Sie stehen um ihn herum. Er ist umzingelt. Vor ihm jetzt Robert, rechts Azad, links dessen Kumpel, betrunken, mit Kampflust und Wut in der Stimme. Jeder von ihnen hat Ärger. Jeder hat Grund, ihn zu ärgern.

»Zeig deinen Pimmel!«, lacht Azad.

Sein Kumpel schubst Anders noch einmal, doch da ist kein Spielraum.

Von irgendwo kommt jetzt ein Rufen, die Mädchen drehen sich um.

Robert hebt eine Faust. »Los, Hose runter!«

Anders ist in der Falle. Hände strecken sich aus, sechs Hände auf einmal. Lachen und Rufen. Keine Chance mehr zu fliehen. Zu spät. Wieder zu spät. Er fasst nach hinten, mit einem Sprung zieht er sich hoch, auf das Geländer. Steht da, hoch überm Fluss, balancierend und schwankend.

»Passt auf!«, ruft Justin. »He, passt doch auf, Mensch, wenn der fällt!«

Wieder ein Rufen, zweistimmig jetzt, dann noch ein Schrei. Sanne stürmt vorwärts.

Zeitgleich zwei Hände. Robert greift zu, zerrt an den Baggys. Ein Ruck, und dann ist sie unten. Die Boxershorts reißt.

Weiße Haut. Nackt steht er da, nur noch in T-Shirt und Schuhen. Alle sehen ihn. Alle sehen, was er da hat.

Keine Hoden. Aber einen Penis.

Winzig. So winzig!

Für einen Moment steht Anders da, hoch oben auf dem Geländer, die Hände erhoben. Dann zischt etwas durch die erschrockene Stille.

Und Anders zuckt heftig zusammen.

Und das Zucken wirft ihn nach hinten.
Und alle sehen, wie er fällt.

# NACHSCHLAG

..................................................

**Justin**

Ich hätte das nie gedacht, nie. Dass das so'n Knall gibt am Ende. Nee, echt nicht. Und dass Robert tatsächlich komplett durchdreht.

Ich dachte echt, er hätte nur bekloppte Ideen, so scheiße drauf, wie er war. Aber dann kam eines zum andern, und am Ende... Am Ende lag Anders da unten, halb nackt, auf dem Rücken, den Kopf so komisch zur Seite gedreht. Von oben konnte man das Blut sehen, das von seinem Kopf lief, und seinen nackten Pimmel, den konnte man auch sehen, diesen Minipimmel. Unglaublich. Hätte ich niemals gedacht.

Nie! Dass es überhaupt so was gibt.

Dass Anders so einer war. Voll der Zwitter, unglaublich.

So jetzt hinterher denke ich, ich hätte mir das echt gern noch mal genau angeguckt. Sieht man ja nicht alle Tage, so einen Mikropenis. Azad meinte danach, er sei sicher, da wär noch eine Spalte gewesen, dahinter, aber ich weiß nicht... Ich glaub, das ist gelogen. Konnte er doch gar nicht gesehen haben. Ging doch alles so schnell!

Azads Kumpel meinte, er hätte noch nach Anders' Bein gegriffen, um ihn zu halten. Aber der... der ist doch sowieso voll der Aufschneider, dem glaub ich kein Wort! Irgendwie ist das sowieso auch wegen dem passiert. Der hat doch voll provoziert.

*Komisch ist nur, dass ich bis heute nicht weiß, wie der eigentlich heißt, der Typ. Ich hab den Krankenwagen gerufen, und als der kam, war er schon weg, und Azad und Robert mussten dann allein mit auf die Polizeiwache.*

*Ich hab seitdem nichts mehr mit denen zu tun. Mir war das zu heftig. Reicht, dass mein Alter im Knast war. Will ich nicht auch noch rein. Echt nicht. Und Robert ist ja jetzt eh weg.*

*Kerrylin ist übrigens wieder zu Hause. Fällt mir ein, wenn ich an den Alten denke. Hab ich genug mit zu tun, mit Mama und ihr. Sind beide mies drauf. So will ich nicht auch enden. Auf gar keinen Fall! Irgendwann hau ich hier ab.*

*Ausgesagt hab ich bei den Bullen und fertig. Kam auch nichts nach. Ein Unfall halt. Fertig.*

*In der Schule häng ich jetzt eher allein rum. Manchmal mit Tim – mit der Niedlichen hat der nichts mehr, aber darauf, dass sie mich auch nur mit dem Arsch anguckt, kann ich wohl trotzdem nicht hoffen.*

*Mal bin ich mit Kai unterwegs, vom Handball, oder mit Tarik und Vincent, sogar mit Pickelgesicht hab ich schon ein paar Worte zwischendurch gewechselt. Von Azad halt ich mich lieber fern.*

*Der hat ja wieder die Braut, die er vor Tuana hatte. Und Tuana geht jetzt mit Marc aus der Zehnten. Richtig fest.*

*Ist mir aber auch alles irgendwie egal.*

*Aber irgendwann, das weiß ich, irgendwann hau ich hier ab.*

*Freundschaft, ha. Wenn einer für den anderen einsteht.*

*Kann ich doch nur drüber lachen.*

*Scheiße war das.*

*Auch wenn Anders mich wirklich genervt hat.*

*Aber das war eine Nummer zu hart.*

*Und ganz ehrlich, eins macht mir irgendwie zu schaffen. 'ne Sache, die ich gesehen hab. Oder eher, einen Typen.*

*Niklas.*

*Denn ich glaub, das war Niklas, der da so weiter hinten am Rand stand, halb im Gebüsch, voll weiß im Gesicht.*

*Und ich glaub, dass er da was in der Hand hatte.*

*Und zwar eine Schleuder.*

*Aber ich hab natürlich die Klappe gehalten bei den Bullen. Ich meine, ich bin mir ja nicht sicher, da reit ich niemanden rein, oder?*

*Echt alles Schrott, die ganze Scheiße da. Obermist.*

*Ich bin sogar am nächsten Tag noch mal hin und hab alles abgesucht. Aber ich hab nichts gefunden.*

*Irgendwann hau ich hier ab. Und meinetwegen sollen alle machen, was sie sollen. Finde ich sowieso. Alle sollen so, wie sie wollen. So machen. Und so sein.*

*Solange sie keinem was tun. Wie Anders halt.*

*Der hat ja auch, muss ich echt sagen, keinem was getan.*

*Auch wenn er genervt hat.*

........................................................

## *Pascal*

*Signe ist als Erste losgerannt und ich sofort hinterher, den Weg runter, denselben Weg, den sie damals runter ist, an der Seite der Brücke, über Geröll und Steine. Ich hab da jemanden gesehen, so hinterm Busch, komplett steif, aber das war natürlich egal jetzt, wir sind einfach da runter, sie und ich. Mir kam's vor, als ob es eine Ewigkeit gedauert hat, ich bin natürlich ausgerutscht, voll der Dämlack, der ich bin, aber immerhin, irgendwann waren wir dann unten, fast zeitgleich, Signe und ich. Sie hat dann sofort seinen Kopf genommen, aber ganz vorsichtig, ihre Hände waren später ganz rot, rot vor Blut. Und mir war total schlecht, aber auch erst danach. In diesem Moment, da unten, da war nur eins wichtig. Lebt er noch?*

*Und irgendwie wusste ich das aber schon, noch bevor Signe seinen Puls gefühlt hat. Ich wusste es einfach. Und deshalb hab ich die beiden so gelassen und hab dann einfach mein Hemd ausgezogen und so über ihn gelegt. Ich wollte das auch gar nicht sehen, nicht sehen, was er da hat.*

*War schon genug: sein bleiches Gesicht, die klaffende Stirnwunde.*

*Und dann Sanne, die den Weg runtergerannt kam, weinend, keuchend, mit Tuana hinterher. Ich hab sie dann so ein bisschen weggehalten, weil ich das Gefühl hatte, dass Signe gern so mit Anders da sitzen wollte. Und dann haben die Mädchen sich ja auch beruhigt und sich danebengehockt, und Sanne hat Anders' Hand genommen, ganz vorsichtig, und dann haben wir einfach gewartet.*

*Ich hab Anders nicht mehr gesehen, aber wir haben ein paar Mal telefoniert.*

*Er hat mir dann so nach und nach alles erzählt. Was mit ihm war. Und warum sie aus Kiel weg sind und die Geschichte mit seinem Trainer und so.*

*War gut. Dass er das noch erzählt hat.*

*Aber nicht so gut ist, dass sie jetzt weg sind. Anders und seine Eltern. Und Signe, die auch.*

*Tja, Signe. An die denk ich oft. Und auch an Anders.*

*Aber an Signe noch mehr.*

*Ich hätte sie gerne noch länger gekannt, alle beide.*

*Aber ich weiß auch, so ist es nicht. Das war nur ... das war nur eine Episode. So ist das im Leben. Es gibt so Episoden, und dann ist wieder alles anders. Oder wie vorher. Ich weiß noch nicht so richtig, wie oder was.*

*Aber wenn man mich jetzt fragen würde, wer mein Freund ist, mein richtiger Freund, dann würde ich sagen, Anders.*

*Weil er es hätte werden können.*

*Freundschaft, ha ha.*

*Aber er fehlt mir.*

*Und eins frag ich mich immer noch: Dieser Typ da im Dunkeln. Das war doch Niklas. War er doch, oder?*

..............................................

**Signe**
Ich hätte mir das natürlich anders gewünscht. Ganz klar. Dass es gut gegangen wäre.

Dass der Neuanfang wirklich einer gewesen wäre.

Aber es war keiner. Es war eher eine Wiederholung, nur unter anderen Vorzeichen.

Kiel haben wir verlassen, damit Anders neu anfangen konnte. Und jetzt fangen wir noch mal neu an.

War natürlich gut, dass das Angebot aus Brüssel immer noch stand. Brüssel, nicht schlecht. Jedenfalls viel aufregender.

Ich hätte natürlich auch bleiben und bei Juntermann die Ausbildung zu Ende machen können.

Aber ich wollte nicht. Ich hatte noch keine Wurzeln geschlagen.

Mama und Papa waren natürlich völlig fertig, als das passiert war. Im Krankenhaus kriegten sie sich gar nicht mehr ein, aber als feststand, dass Anders keine bleibenden Schäden davontragen würde, da entspannten sie sich wieder ein bisschen. Aber nur ein bisschen. Sie haben Anzeige gegen unbekannt erstattet, aber die wurde dann ja schließlich eingestellt.

Es war angeblich ein Unfall. Allerdings bin ich nicht ganz davon überzeugt.

Ich glaube, auch wenn es ein Unfall war, hatten sie dennoch Schuld, die Jungs da oben an der Brücke. Sie haben Anders in die Enge getrieben und am Ende hat er das Gleichgewicht verloren und ist nach hinten gefallen. An der schmalsten Stelle des Flusses.

*Unglaublich viel Glück hat er gehabt, dass nicht mehr passiert ist. Nur eine schwere Gehirnerschütterung, eine böse Platzwunde und ein paar Abschürfungen.*

*Ein paar Zentimeter weiter nach links, und er hätte sich auf dem Findling den Schädel aufgeschlagen. Aber so ist er auf dem Kiesbett gelandet, das von Wasser überflutet war. Zum Glück war der Fluss schon wieder etwas voller als mitten im Sommer.*

*Anders sagt ja, er könne sich nicht richtig erinnern. Aber ihm ist so, als hätte ihn etwas am Kopf getroffen, und deshalb habe er das Gleichgewicht verloren. Und sei gestürzt.*

*Von den anderen hat das niemand bestätigt. Und die standen dicht vor ihm. Aber was hat das schon zu sagen?*

*Sanne stand mit Tuana ziemlich weit weg, aber beide sagen, geschubst habe ihn niemand. Bedroht ja, aber wohl nicht geschubst.*

*Und dieser Robert und dieser Azad, die haben Stein auf Bein geschworen, dass Anders abgerutscht ist. Und schließlich konnte auch nichts anderes nachgewiesen werden.*

*Komisch übrigens, dass Robert ausgerechnet der Sohn von Papas ehemaligem Untergebenen bei der Cirrus ist. Der die Position gern selbst haben wollte. Na ja, die hat er ja jetzt.*

*Und Papas neuer Job gefällt ihm ohnehin viel, viel besser. Mama ist auch ganz zufrieden, und Anders, glaube ich, auch. Brüssel passt auch viel besser zu uns. Und Anders ist jetzt hier auf der internationalen englischsprachigen Schule, da sind lauter Diplomatenkinder, die sind alle wirklich viel offener und lässiger drauf, jedenfalls wirkt das auf mich so.*

*Und meine neue Stelle ist auch gar nicht schlecht, eigentlich viel spannender als die bei Juntermann. Meine beiden Kolleginnen kommen aus Japan und Brasilien, das ist ziemlich interessant.*

*Ich glaube, Brüssel passt viel besser zu uns.*

*Aber ich frage mich, ob uns das nicht alles irgendwann auch wieder hier einholt.*

*Oder zumindest Anders.*

*Und welche Furchen das in seine Seele geschlagen hat.*

*Ein paar Operationen stehen noch aus, dann wird man ihm, wenn man den Ärzten glauben darf, äußerlich irgendwann nichts mehr ansehen, jedenfalls auf den ersten Blick nicht.*

*Aber die Seele lässt sich ja nicht operieren.*

*Und er vermisst Sanne, das weiß ich. Auch wenn er nie drüber redet.*

*Über Pascal redet er auch nicht. Ich hoffe, dem geht es gut. Manchmal überleg ich, ob ich ihn nicht mal anrufen sollte. Einfach so.*

*Vielleicht mache ich das auch mal. Einfach mal nachfragen, wie es ihm geht.*

*Ich hoffe, das war's jetzt fürs Erste.*

*Aber eins bleibt für immer: Anders ist eben anders.*

..................................................

### Sanne

*Er fehlt mir. Immer noch. Und immer wieder.*

*Ich denke ganz oft an ihn, und manchmal habe ich sogar das Gefühl, dass ich eigentlich immer an ihn denke, nur zwischendurch manchmal nicht. Aber vielleicht stimmt das auch nicht.*

*Ich weiß oft eigentlich gar nicht, was genau ich nun denke.*

*Oder fühle.*

*Nur, dass er mir fehlt.*

*Alles ist jetzt anders.*

*Und Anders ist weg.*

*Tuana meint, wir hätten sowieso keine Zukunft gehabt, jedenfalls keine richtige. Dass ich mich vielleicht immer gefragt hätte, wer oder was er wirklich ist. Junge oder Mädchen?*

*Kann sein.*

*Kann auch nicht sein.*

*Anders ist eben anders.*

*Ich hör immer noch diesen fiesen Ruf: »Hose runter!« Ekelhaft. Und ich kann verstehen, dass er danach nicht mehr hier leben wollte. Würde ich manchmal am liebsten auch nicht.*

*Noch drei Jahre, dann hab ich die Schule hinter mir. Wer weiß, was dann kommt. Wo ich hingehe.*

*Vielleicht nach Brüssel, wer weiß?*

*Alles ist jetzt anders. Robert geht ja mittlerweile auf ein Internat, irgendwo in Thüringen. Er ist ganz plötzlich gewechselt, hat es niemandem vorher gesagt. Von einem Tag auf den anderen war er weg und keiner wusste davon. Justin nicht, Azad nicht und Niklas auch nicht.*

*Die drei haben auch kaum noch miteinander zu tun, hab ich den Eindruck. Seit Robert weg ist, nein, eigentlich schon vorher, seit Anders weg ist. Seitdem ist die Klasse irgendwie auseinandergebrochen. Lauter Einzelkämpfer sind übrig geblieben.*

*Und Thao ist jetzt Klassensprecherin.*

*Dass Tuana jetzt mit Marc zusammen ist, na gut. Komisch finde ich es immer noch, aber letzten Endes in Ordnung.*

*Ich hätte ja sowieso lieber Anders gewollt.*

*Und vermutlich wäre das mit Marc auch nichts gewesen für mich.*

*Ich hab wirklich niemand anderen, niemanden, keinen Jungen und kein Mädchen, ich hab nie wieder jemanden gesehen mit so einem Lächeln wie Anders.*

*Mit so einem unglaublich besonderen Lächeln.*

*Und ich wette, ich werde auch nie wieder jemanden sehen, der so lächeln kann wie Anders.*

*Er war einfach besonders.*

*<u>Aus dem Schlussvermerk der Staatsanwaltschaft:</u>*
*Die Ermittlungen zum Straftatbestand der Körperverletzung zum Nachteil des Anders Jaspersen werden eingestellt. Es ergibt sich kein Anhaltspunkt für ein Fremdverschulden. Die Ermittlungsakte wird hiermit geschlossen.*

# Leseprobe

416 Seiten., €/D 12,99

Die Nacht in der ihr Freund Trip starb, ist für Allie wie ausgelöscht. Alles was ihr geblieben ist, sind Narben, als ständige Erinnerung an ihn. Sie versucht das nagende Gefühl zu ignorieren, dass der Unfall vielleicht keiner war. Als die Polizei die Ermittlungen aufnimmt, wird Allie plötzlich zur Hauptverdächtigen. Und bald schon vermischen sich Allies Erinnerungen mit dem dunklen Geheimnis um Trip, das sie zu lange verborgen gehalten hat ...

**Lies auf den folgenden Seiten, wie es weitergeht ...**

# Leseprobe

Der Wecker zeigt 6:45 Uhr an, obwohl es erst 6:25 Uhr ist. Wäre alles so wie immer, würde er in fünf Minuten klingeln. Ich würde auf die Schlummertaste drücken, mich in Grandmas Quilt einwickeln und wieder einschlafen, bis Mom ins Zimmer kommen und mich dazu bringen würde, aufzustehen. Früher bin ich immer bis zur allerletzten Sekunde im Bett liegen geblieben und habe mich dann in Windeseile für die Schule fertig machen müssen – habe nach meinen Schuhen oder einem sauberen T-Shirt gesucht und bin schließlich zu meinem Freund Trip hinausgerannt, der bereits auf die Hupe seines 1967er Chevrolet Pick-ups gedrückt hatte.

Nichts ist so wie immer, und niemand zwingt mich, zur Schule zu gehen.

Mom öffnet die Tür, um nachzusehen, ob ich wach bin.

Ich bin immer wach.

»Meinst du, du schaffst es heute zur Schule, Allie?« Mom spricht sehr leise, sodass ich, falls ich schlafen würde, nicht davon aufwachen würde. Ich schüttele den Kopf, ohne mich zu ihr umzudrehen. Sie bleibt noch ein, zwei Minuten in der Tür stehen, damit ich merke, wie besorgt sie ist, und macht sich dann auf den Weg zurück in ihre geregelte Welt.

Als Nächstes kommt Andrew, die telepathischen Fähigkeiten eines Zwillings führen ihn zu meiner Tür. Er weiß oder zumindest spürt er mehr als jeder andere, wie sehr ich leide. Ich bin mir sicher, dass es so ist, denn bisher bin ich immer diejenige gewesen, die gesehen hat, wie er leidet. Man kann sich nicht beinahe sieben Monate lang eine Gebärmutter mit jemandem teilen, ohne dass sich ein unzerstörbares Band bildet. Sein Rollstuhl rattert gegen die Wand. Unser Haus ist klein, alt und ebenerdig. Für Andrew ideal. Die Flure und Türen sind breit genug für seinen Rollstuhl.

Ein kaum hörbares Klopfen an meiner Tür. Ein dumpfer Schlag gegen die Wand. Er greift nach der Türklinke – und verfehlt sie. Als wir einzogen, hat Dad all die alten Türknaufe gegen lange Griffe ausgetauscht, damit auch Andrew die Türen öffnen kann, aber er hat dennoch Probleme damit. Ich sollte aufstehen und ihm helfen, aber mein Körper ist bleischwer.

Die Klinke wird nach unten gedrückt, gleichzeitig drückt sein Rollstuhl gegen die Tür. Andrew fährt weiter vor, bis die Tür so weit geöffnet ist, dass er auf mein Bett schauen kann. Das ist neu, diese unsichtbare Mauer zwischen uns, eine Grenze an der Türschwelle zu meinem Zimmer, die er nicht mehr überschreitet. Er atmet schwer und sagt mit seiner stockenden Stimme, die fast niemand außerhalb unserer Familie versteht: »Okay heute, Allie? Schule?« Andrew ist intelligent – sehr intelligent –, aber die meisten Menschen glauben aufgrund seiner körperlichen Einschränkungen und seiner Stimme, er sei geistig zurückgeblieben.

Andrew hat während unserer Geburt eine Hirnschädigung aufgrund von Sauerstoffmangel erlitten. Wir kamen achteinhalb Wochen zu früh auf die Welt – ich schreiend wie ein ganz normales Neun-Monats-Baby, er jedoch kalt und blau. Seine

Muskeln sind verkrampft und er hat seinen Körper kaum unter Kontrolle, aber im Kopf ist er hellwach. Die Schäden, die er bei der Geburt erlitten hat, lassen sich auf den ersten Blick erkennen. Meine eigenen sind weniger offensichtlich.

Ich schüttle den Kopf und vermeide es, Andrew in die Augen zu sehen. Sie sind sanft, braun und unergründlich. Ich ertrage den Schmerz nicht, den ich darin erkenne, das Mitgefühl für mich, und schaue weg.

»Du... solltest.« Er leckt sich über die Lippen und seine schlechte Hand beginnt zu zittern. Er zwingt sich zu einem Lächeln. »Ich könnte...« Er bemüht sich so sehr zu sprechen, so sehr, mich zum Aufstehen zu bewegen. Ich wünschte, ich könnte aufstehen – um seinetwillen.

Ich wickele den Quilt noch fester um mich – alte Stoffflicken als einziger Schutz vor all dem, dem ich nicht begegnen will. »Ich bin einfach...« – ich sehe ihm nicht in die Augen – »... ich kann nicht.« Meine Stimme gerät ins Stocken, ähnlich wie seine. »Noch nicht.«

Er bleibt, wo er ist. Ich schließe die Augen, damit ich ihm nicht ins Gesicht schauen muss.

»Andrew, Frühstück.« Moms Stimme dringt aus der Küche. Ich höre Andrew den Flur hinunterfahren. Auf meinem Wecker ziehen die Zeiger weiter. Die Geräusche des Morgens dringen dumpf durch die Wände hindurch in mein Zimmer. Geschirrgeklapper, An- und Abstellen des Wasserhahns. Dad stapft über den Küchenboden. Mom hilft Andrew mit dem Frühstück. Draußen bleibt Andrews Schulbus an der Haltestelle stehen.

Unser Haus ist so klein, dass man alles hören kann, was jemand sagt oder tut. Es ist kein guter Ort, um Geheimnisse zu bewahren. Sogar die Außenwände sind dünn. Die Geräuschkulisse des Alltags da draußen ist so laut, als würde sich alles direkt in meinem Zimmer abspielen. Grundschüler lachen. Ein weiterer Bus erreicht die Haltestelle. Ein Mororrad fährt dröhnend vorbei – Trips Freund Randall, vermutlich mit der sich an ihn klammernden Angie Simmons. Würde ich mich jetzt aufsetzen und die Jalousien hochziehen, könnte ich von meinem Bett aus all das beobachten wie eine Reality-Show im Fernsehen – eine Reality, zu der ich niemals gehört habe.

Wie können sie einfach so weitermachen, als sei alles wie immer?

Die Tage gehen langsam und gleichförmig ineinander über, heute müsste der fünfte Schultag sein, die zweite Woche des Schuljahrs, das ich in der Abschlussklasse verbringen sollte. Über einen Monat ist es her, dass der Unfall passiert ist, und drei Wochen, dass ich aus dem Krankenhaus entlassen wurde. In einer Ecke neben meinem Schreibtisch liegt ein unangetasteter Stapel Schulbücher und Unterlagen. Blake bringt mir jeden Tag um 15:08 die Hausaufgaben vorbei – ein fester Bestandteil meines neuen Tagesablaufs.

Ich schlüpfe aus dem Bett, weil Andrew die Tür nicht richtig geschlossen hat. Ich fühle mich der Luft von draußen, die durch den Spalt zu mir hereindringt, schutzlos ausgeliefert. Auf dem Weg zur Tür nehme ich aus den Augenwinkeln mein Spiegelbild über der Kommode wahr. Verwundet. Narbenbedeckt. Hässlich. Ich kann mich nicht einmal mehr richtig anschauen. Gut, dass Trip mich so nicht sehen kann.

Er würde mein Haar hassen.

Trip wollte nicht, dass ich es schneiden lasse, nicht ein bisschen. Bis zu dem Unfall waren meine Haare so lang, dass sie mir über den halben Rücken fielen – sie waren lang und dick und golden. Ich fahre mit der Hand durch das, was davon übrig ist. Es überrascht mich immer noch, wie schnell ich auf das Nichts stoße. Sie haben mir am Hinterkopf ein Rechteck von einigen Zentimetern Breite und fast fünfzehn Zentimetern Länge ausrasiert, aber im Krankenhaus hat es jemandem um meine blonden Locken leidgetan. Sie ließen sie lang genug, um die Wunde zu bedecken. Eine Zeit lang bot ich einen makabren Anblick mit der Halbglatze, dem Punk-Pferdeschwanz und den frankensteinähnlichen Stichen meiner frisch genähten Wunden – am Hinterkopf und über meinem rechten Auge. Als ich entlassen wurde, verwandelte eine Freundin meiner Mutter mein Haar in eine Art Bob, der bis zum Nacken geht und die kahle Stelle mehr schlecht als recht bedeckt. Es sieht grauenhaft aus.

Ich berühre die Wunde an meinem Hinterkopf, die sich langsam in eine Narbe verwandelt. Wo die Stiche waren, brechen jetzt raue Stoppeln durch. Es juckt. Das wird wohl bedeuten, dass es heilt.

Trips Augen verfolgen mich bis zur Tür. An jeder Wand und auf jeder Ablagefläche meines Zimmers finden sich Bruchstücke unserer Beziehung. Bilder von uns beiden stehen aufgereiht in den Regalen und stecken in den Ecken meines Spiegels – Fotos vom Schulfest, von Ausflügen, vom Chillen.

Nur das letzte, vom Sommerball, das letzte Bild, das von Trip gemacht wurde, fehlt. Ich habe es hoch oben auf das oberste Regal gelegt – das Regal, an das ich nur mit einem Stuhl herankomme. Ich habe es dort hinverbannt, ohne auch nur einmal draufzuschauen. Trips Eltern hatten es meiner Mutter nach dem Gedenkgottesdienst gegeben, weil ich zu der Zeit immer noch im Krankenhaus gewesen war. Gedenkgottesdienst – vermutlich kann man keine richtige Beerdigung abhalten, wenn es keine Leiche gibt.

Gerade will ich die Tür schließen, als ich Mom und Dad in der Küche reden höre. Ich habe mich immer noch nicht daran gewöhnt, Dads Stimme zu hören. Beinahe achtzehn Monate lang war er anderswo im Einsatz und die letzten sechs Monate ist er zwischen Fort Lewis, dem Stützpunkt der US-Army, und Pacific Cliffs hin- und hergependelt. Jetzt, da er nicht mehr in der Army ist, versucht er seine Autoreparaturwerkstatt zum Laufen zu bringen. Dass er um diese Uhrzeit noch zu Hause ist, ist ein schlechtes Zeichen – keine Aufträge, keine Autos, die es zu reparieren gilt. Er ist ein wirklich guter Mechaniker, aber das Geschäft läuft noch nicht, weil jeder im Ort Barneys Autoreparaturwerkstatt die Treue hält. Dad sagt, Barney sei ein Halsabschneider, aber seine Werkstatt gibt es hier schon seit ungefähr vierzig Jahren.

»Gestern haben sich einige Männer im Café unterhalten«, sagt Dad. Ein Stuhl wird über den Holzboden geschoben. »Es scheint, als gäbe es auf dem Polizeirevier einen neuen Polizisten.« Zumindest sprechen sie einmal über etwas anderes als mich. Dad ist nicht gerade ein Softie. Zwanzig Jahre in der Army haben ihn hart gemacht. Er drängt Mom unentwegt, mich dazu zu bringen, aufzustehen, zur Schule zu gehen, mein Leben weiterzuführen.

»Ach was?« Mom klingt amüsiert. »Was glaubst du, wie lange der es hier aushalten wird?« Pacific Cliffs ist eine Kleinstadt, einer dieser Orte, in dem jeder jeden kennt und nachts niemand die Haustüren abschließt. Der lange Arm des Gesetzes ist Police Chief Jerry Milton – Moms Begleiter zum Junior Prom. Bislang gab es in Pacific Cliffs noch keinen Bedarf an weiteren Polizisten.

Dads schwere Schritte auf dem Boden. »Man hat diesen Typen aus Seattle kommen lassen, er ist so eine Art Sonderermittler oder Detektiv oder so was.«

»Ein Detektiv? Hier?« Mom lacht nervös.

»Ich schätze mal, dass Mr Phillips Chief Milton Druck gemacht hat, die Untersuchungen wieder aufzunehmen.« Dads Ton ist beiläufig, aber die Bedeutung seiner Aussage legt sich bleischwer auf die Narbe an meinem Hinterkopf. Ich öffne die Tür noch etwas weiter und setze einen Fuß in den Flur.

»Aber weshalb sollte er …?« Doch Mom arbeitet für Mr Phillips. Sie kennt die Antwort genauso gut wie ich.

Dad stellt seinen Kaffeebecher auf die Arbeitsplatte. »Ich vermute, er denkt, dass Chief Milton die Untersuchungen zu dem Unfall nicht ernsthaft genug betrieben hat. Dass er vielleicht etwas übersehen haben könnte.«

Ich greife nach der Türklinke. Ich will die Tür schließen und draußen lassen, was er gesagt hat. Stattdessen schiebe ich mich zwischen Tür und Türrahmen und lausche gespannt.

»Er wird doch nicht mit Allie reden wollen?« Mom versucht sich ebenfalls in einem beiläufigen Ton, doch es gelingt ihr nicht wirklich.

»Wenn die Untersuchungen wirklich weitergehen, wird sie die Erste sein, mit der er sprechen will.«

Noch mehr Fragen? Zu Dingen, die ich nicht beantworten kann. Dinge, an die ich mich nicht erinnere. Dinge, an die ich mich nicht erinnern will. In der ersten Zeit nach dem Unfall war ich zu krank, zu verletzt, um befragt zu werden. Jeder hatte Mitleid mit mir. Aber jetzt …

»Hat sie nicht schon genug mitgemacht?« Mom klingt ernsthaft besorgt. Ich wünschte, ich könnte glauben, dass sie mich beschützen kann, doch ich weiß es besser.

**Herzblut**
**Wo die liebe tötet**
von Jennifer Shaw Wolf
ISBN 978-3-440-13549-5

# Uferlos spannend

Karin Baron
**Tote essen kein Fast Food**
224 Seiten, €/D 9,99

Sylt. Ausgerechnet! Gegen eine Insel weiter südlich hätte die 16-jährige Fanny nichts einzuwenden gehabt, aber Sylt, dieser sandige Haken in der Nordsee – garantiert ständig unter einer fetten Regenwolke und garantiert völlig öde. Doch dann werden die Ferien auf der Insel alles andere als langweilig: Fanny macht unfreiwillig Bekanntschaft mit der Sylter Bunkerwelt, aber vor allem mit Jan, dem Jungen vom Stand.
Und gemeinsam machen sie sich auf die Spur nach einem verschwundenen Mädchen ...

Spannung, Liebe und Humor – die perfekte (Ferien-)Mischung!

**kosmos.de**  Preisänderungen vorbehalten

# SKRUPELLOSE ABRECHNUNG

Andreas Schlüter
**Dangerous Deal**
€/D 12,95

*Was machst du, wenn dir jemand eine halbe Million Euro anbietet?*
*Für eine läppische CD mit Infos, die du sowieso nicht kapierst.*
*Und falls du ablehnst, bist du tot.*

Als Christoph in den Besitz einer Daten-CD kommt, ahnt er zunächst nicht, dass der Inhalt höchst brisante Angaben enthält.
Krass, dass ihm dafür jemand eine halbe Million Euro anbietet! Doch dann sterben die Leute, die ihm die CD abkaufen wollten, auf mysteriöse Weise – und plötzlich ist Christoph selbst in höchster Gefahr …

# Einsatz Svea Andersson!

Die 14-jährige Svea interessiert sich zwar nicht für Mode und Make-up, dafür deckt sie umso lieber kriminelle Machenschaften auf und entlarvt die Abgründe der Vorstadtidylle. Zum Glück stehen ihr Dalmatiner Wuff und ihre beste Freundin Jo ihr treu zur Seite.

*"... sehr unterhaltsam und fesselnd"*
  Berliner Morgenpost

Jeder Band €/D 10,95

**kosmos.de**   Preisänderungen vorbehalten